KB206530

오래 해나가는 마음

음악과 창작의 태도에 대하여

오래 해나가는 마음

류희수

곰
출
판

보다 건강한 창작,
보다 나은 삶을 위해

매달 20일부터 말일 사이에 정기적으로 오는 알림이 몇 있다. 모 협회와 제작사, 유통사로부터 음원 수익과 저작권료 등이 지급되었다는 입금 알림들이다. 어느덧 8년 차 음악가가 되었지만 이는 여전히 나를 놀라게 한다. 지극히 실무적으로 계산되고 요약된 숫자 너머, 나는 내 음악에 귀 기울인 이들의 기적을 느낀다. 음악을 듣는다는 건 단순한 거래 이상의 행위라는 걸 잘 알기에 문득 고마움을 느낀다. 그리고 한편으로 이런 감정을 느끼는 자신이 낯설다. 내가 음악가란 사실이 나는 아직도 놀랍고 신기하다.

돌아보면 나는 음악가가 되기를 간절히 바랐던 것 같기도 하고, 그렇게까지 바라지 않았던 것 같기도 하다. 재능이 있었는지 없었는지—만약 있었다면 얼마나 있었는지—도 좀처럼 판단이 서지 않는다. 삶에서 일어나는 일이 흔히 그러하듯 지나고 나면 대개가 운과 우연의 산물처럼 보이기 때문이다. 게다가 이런 인상은 시간이 지날수록 짙어져 점점 더 판단이 어려워진다.

다만 한 가지 확실하게 말할 수 있는 건, 언젠가부터 음악이 몹시 하고 싶어졌다는 것. 그뿐이다. 그러니까 '음악가가 되고 싶어서' 음악을 했다기보다 '음악을 하고 싶어서(혹은 하다 보니)' 음악가가 되었다는 게 현재 내가 느끼는 실감을 보다 잘 표현해주는 말일 것이다. 더 정확하게는 '좋은 음악을 만들고 싶어서'.

나는 삶의 많은 시간을 음악과 창작에 쏟았다. 그리고 늘 그 두 가지에 시달린다. 음악을 만드는 동안에는 아이디어를 쥐어짜내느라 고통받고, 만들지 않는 동안에는 해야 할 일을 하지 않고 있다는 사실에 고통받는다. 초기에는 모든 게 처음이라 어렵고, 경험이 좀 쌓이고 나서는 모든 게 처음이 아니라 어렵다. 때로는 음악가여서 너무 행복하고, 때로는 음악가라서 더없이 불행하다.

그렇다면 음악과 창작을 계속 이어나가는 데 있어 중요한 건 무엇일까. 이것이 이 책의 주제다. 여기 묶인 글들은 그동안 음악과 창작이 나를 난처하게 할 때마다 도움을 준 인식과 관점, 태도를 내 나름의 방식으로 부감한 것이다. 이는 스스로에게 '어떻게 하면 보다 유명한 음악가가 될 수 있을까'가 아닌 '어떻게 하면 보다 오래 음악을 해나갈 수 있을까' 혹은 '어떻게 하면 보다 건강하고 나은 삶을 살 수 있을까'라는 질문을 여러 형태로 던지는 과정과 같았다. 음악과 창작의 문제는 자주 삶의 문제와 직결되곤 하니까. 그런 의미에서 이 책은 어쩌다 약간의 음악적 기교를 갖게 된 이가 음악과 창작을 경험하며 미약하게나마 인간적으로 성장해나가는 분투기로 봐야 할지도 모르겠다.

처음 책을 쓰기 시작했을 때는 이런저런 거창한 바람이 많았는데, 막상 완성을 앞두니 한 가지 생각밖에 들지 않는다. 여기 실린 글들이 누군가의 삶에 아주 조금이라도 도움이 되어준다면, 답답한 숨통을 잠시나마 틔워줄 수 있다면 그보다 기쁜 일은 없을 것 같다. 지금껏 읽은 책들의 머리말과 마지막 문장이 치레가 아닌 진심이었음을 이제야 깨닫는다. 부디 앞으로도 깨달을 일이, 놀라고 신기해할 일이 많았으면 좋겠다.

목차

|1부| 지극히 단순하지만 근사한

지극히
단순하지만 근사한

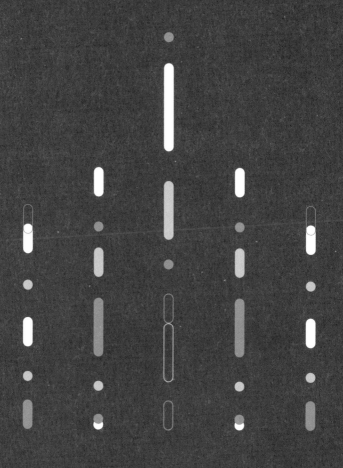

정체성으로서의 직업

가장 중요한 것은 설명할 수 없다

예술 계통에서 일하는 사람에게 '직업'이란 말은 그 의미가 좀 남다르게 다가온다. 극소수를 제외하면 대부분 그 일만으로 생계를 꾸려나가지 못하는 처지이기 때문이다. 사회는 생계를 꾸려나가지 못하는 일에 좀처럼 '직업'이란 표현을 허락하지 않는다. '부업' 또는 '세컨드 잡' 정도로 불리면 선방한 것이고 여차했다가는 '취미'로 취급받기도 한다.

과거보단 나아졌지만, 이같은 통념은 워낙 뿌리가 깊어 헤어나기가 결코 쉽지 않다. 때로는 오히려 예술가 자신이 더욱 그러한 통념에 얽매어 있는 것 같기도 하다. 하도 오랫동안 눈치를 봐온 탓이다. 때문에 오늘날에도 수많은 예술가는 '직업'이라는 말이 갖는 무거움과 '취미'라는 말의 가벼움(또는 모멸감) 사이에서 정체성 혼란을 겪는다. 그리고 이는 곧 자신의 직업을 소개하는 일에 애를 먹는 상황으로 이어진다.

과거 나 역시 마찬가지였다. 음악계라는 좁디좁은 울타리를 조금만 벗어나도 나는 애매한 존재가 되어버렸다. '음악가'라고 소개했다가는 이런저런 추궁을 당할 것 같기도 하고, 스스로도 아직 부족하다고 여겼다. 그렇다고 돈벌이로 하는 다른 일을 직업으로 소개하기에는 또 자존심이 상했다.

그래서 직함은 생략하고 간단히 "음악을 한다" 정도로 자신을 소개하면 아니나 다를까 "음악만? 그럼 일은요?"라는 질문이 돌아온다. 내게는 음악이 가장 중요한 '일'인데, 저쪽이 말하는 '일'은 그런 일이 아니다. 하지만 그런 이야기를 늘어놓을 수 없으니, 하는 수 없이 대충 사정을 설명한다. 그러면 상대방이 "그렇구나" 하는 선에서 이야기는 얼렁뚱땅 마무리된다.

그런 일을 반복해 겪다 보니, 언젠가부터는 초장부터 속 시원히 사정 설명을 해버리거나 가급적 음악 이야기는 꺼내지 않게 되었다. 앨범을 발표하고 적지 않은 시간 동안 활동을 해왔지만 음악은 여전히 내게 '직업이라고 떳떳이 밝히기 어려운 일'의 자리에서 벗어나지 못했다.

내가 '음악가'라고 명확히 인식하게 된 순간은, 우습게도 음악을 그만둬야겠다고 마음먹었을 때 찾아왔다. 당시 나는 더는 가망이 없다고, 더 이상은 이렇게 애매하게 살고 싶지 않다고 생각했다. 그러자 돌연 내가 그때까지 해온 일의 실체가 선명하게 다가왔다. 돌아보니 음악과 창작은 내게 단순한 자기표현이 아니라 하나의 정신적 생존법이었다. 명예를 얻거나 물질적 생계를 유지하기 위한 수단이 아니라 이미 그 자체로 삶의 태도이자 방식이었다. 비록 눈에 보이는 보상은 충분하지 않을지 몰라도 나는 여태껏 음악을 만들고 연주하며 마음의 균형을 유지해올 수 있었고, 삶을 실감할 수 있었다. 내가 내 직업을 설명하는 데 애를 먹었던 이유는 이 일이 사회가 용인하는 조건을 충족시키지 못해서가 아니라 오히려 그 이상의 가치를 지닌 무엇이기 때문이었다. 나는 도무지 이 일을 떠나 살 수 있을 것 같지 않았다.

그즈음부터 나는 예술가뿐만 아니라 누구나 자기 자신과 자기의 일에 대해 나름의 정의를 내릴 필요와 자격이 있다고 생각하게 되었다. 물론 정의라고 해서 반드시 뚜렷한 형태를 지녀야 하는 건 아니다. 뭔가를 확실히 느끼고 그 느낌을 믿는 것도 하나의 분명한 정의가 될 수 있다. 알다시피 그건 누구도 대신 나서서 해줄 수 있는 일이 아니다. 인생을 대신 살아줄 수 없는 것과 마찬가지로 이를 할 수 있는 사람 역시 오직 자신뿐이다. 그렇게 되면 직업이라는 말도 전혀 다른 느낌으로 다가오거나 실상 있으나 마나 한 말이 된다. 나는 그저 그 일을 해야만 하는 사람일 뿐이다. 하지 않을 수 없는 사람일 뿐이다. 내가 아는 한 이를 온전히 설명할 수 있는 말은 없으며, 사실 굳이 설명하지 않아도 된다. 가장 중요한 것은 설명할 수 없다.

작지만
크나큰 가능성

아는 것을 새롭게 바라보기

몇 년 전부터 재즈와 보사노바를 즐겨듣기 시작하면서 내가 모르는 연주 코드가 얼마나 많은지 알게 되었다. 듣기에는 더 없이 여유롭고 느긋한 음악이지만 사용된 코드는 어찌나 복잡하던지. 적지 않은 세월, 악기를 연주해왔기에 코드라면 알 만큼 안다고 생각했는데 실상은 전혀 그렇지가 않았다. 3분짜리 보사노바 곡 하나에 쓰인 코드 중 제대로 아는 게 하나도 없었으니.

그런데 이처럼 짧은 음악적 지식이 여태껏 작업에 특별히 장애가 되었던 적이 있었느냐 하면 그렇지는 않다. 내가 줄곧 즐겨듣고 추구해온 팝과 록 음악은 아주 간단한 코드 조합만으로도 성립되기 때문이다. 그러다 보니 처음에는 '뭐야, 이게 다야? 다들 이걸로 곡을 쓴단 말이지. 그렇다면 나도' 하는 마음을 갖기도 했다. 물론 얼마 후 '아니, 고작 이걸로 그런 곡들을 어떻게 썼지?'라는 쪽으로 생각이 180도 바뀌게 되었지만.

음악을 만드는 일이 흥미로운 건 누구나 쉽게 알 수 있는 간단한 코드로도 얼마든지 새롭고 멋진 곡을 써낼 수 있어서다. 코드란 언뜻 별것 아닌 듯하면서도 한편으로 상당히 별것이기도 한 것이다. 종류나 개수에 상관없이 코드 위에는 일일이 확인할 수 없을 만큼 무수한 가능성이 펼쳐질 수 있으니까. 재즈와 보사노바를 접하기 전에도 내게 음악은 이미 망망대해와 같은 세계였다. 망망대해에 망망대해를 더해봤자 별 차이는 없다. 가능성이란 언제나 작고, 또 언제나 큰 것이다.

코드에 관해 내가 기억하는 가장 인상적인 이야기는 오래 전 어느 다큐멘터리에서 본 폴 매카트니의 어린 시절 일화다. 열세 살 무렵의 폴 매카트니는 'B7코드'를 알아내기 위해 버스를 몇 번씩이나 갈아타고 리버풀 교외에 사는 어떤 녀석의 집까지 직접 찾아갔다고 한다. 구시대적 정취가 물씬 풍기는 풋풋하고 훈훈한 이야기다. 그 대목에서 폴 매카트니는 당시 자신은 E코드와 A코드밖에 모르고 있었다고 밝힌다. 그리고 이런 말을 덧붙인다.

"그건 말이죠. E코드와 A코드 사이에서 연결고리 역할을 할 수 있는 코드였어요."

비틀스가 남긴 일화는 수없이 많다. 개중에 널리 알려

진 화려하고 드라마틱한 이야기들에 비하면 이 이야기는 후 광이 좀 부족하다. 〈신비한 TV 서프라이즈〉 같은 프로그램에 서는 절대 다루지 않을 얘기다. 게다가 나는 폴 매카트니보다 는 늘 존 레넌에게 마음이 심히 기우는 사람이다. 하지만 어째서인지 비틀스에 관한 이야기 중 이 이야기가 가장 기억에 남는다.

물론 폴 매카트니 같은 유명한 음악가도 코드를 두 개밖 에 모르던 시절이 있었고, 그 이야기를 본인의 입으로 직접 듣 는다는 데서 오는 감흥도 있었을 것이다. 시대도 장소도 다 르지만 비슷한 순간을 경험했다는 은은한 실감이라고 할까. 미지의 코드가 마침내 눈앞에 본모습을 드러내고 손에 꼭 쥐 어졌던 감각을 잠시 공유한 듯한 그 아련한 기분 말이다. 정 겨운 구시대적 정취도 분명 한몫했을 테고. 그러나 그 이야기 가 가장 기억에 남을 수밖에 없었던 진짜 이유는, 역시 '아는 것이 얼마나 중요한지'와 '아는 것이 얼마나 중요하지 않은 지'를 동시에 말해주고 있기 때문이 아닐까 싶다.

그날 그가 알아낸 B7코드는 이후 그가 써낸 수많은 곡 에 쓰였다. 당장 생각나는 곡만 늘어놔도 「Yesterday」, 「Hey Jude」, 「Michelle」, 「Here, There and Everywhere」 정도이 다. 즉, 그날 폴 매카트니가 손에 넣은 건 단순히 '하나의 코 드'가 아니라 자신이 앞으로 그려나갈 거대한 음악적 커리어 의 중대한 일부이자 '연결고리'였던 셈이다. 이쯤 되면 버스를 몇 번이나(필요하다면 수십 번이라도) 갈아타며 알아낼 만도 하다. 이처럼 음악에 있어 새로운 지식을 '아는 건' 매우 중요하다. 특히 E코드와 A코드밖에 모르는 사람에게는 더더욱 그렇다.

불과 열세 살 무렵의 일화에서 드러나는 기질로 미루어 볼 때, 꼬마 폴 매카트니가 기본 코드를 전부 익히기까지 얼마 걸리지 않았으리란 것 정도는 누구든 쉽게 예상할 수 있다. 따라서 그 이후로는 새로운 코드를 알아나가는 일이 예전만큼 큰 의미로 다가오지 않았을 것이다. 그때부터는 아는 코드를 어떻게 연결하는가 하는 것이 중요한 과제가 되었을 것이고, 그 과제가 1960년대 비틀스를 거쳐 2021년 현재까지 이어지고 있는 것이다.

이제는 그깟 기타 코드 하나를 알아내기 위해 버스를 몇 번씩이나 갈아타고 낯선 동네까지 찾아가서 처음 보는 녀석에게 어색함을 무릅쓰고 말을 걸 필요가 없다. 검색만 하면 된다. 뭔가를 아는 것이 너무도 쉽고 간편해진 것이다. 그렇지만 '아는 것으로 무엇을 하느냐'는 문제는 폴 매카트니가 살았던 시대나 지금이나 여전히 달라지지 않았다. 아마 앞으로도 그럴 것이다.

중요한 건 '아는 것' 자체보다 '아는 것을 끊임없이 새롭게 바라보고 연결하려는 자세'인지도 모른다. 지극히 당연시되는, 그런 이유로 쉽게 도외시되곤 하는 것들의 가치와 가능성을 재검토하고, 그것들을 연결하는 방법을 스스로 조금씩 깨우쳐나가는 것. 내가 아는 것을 고정물로 취급하지 않고, 언제든 새롭게 갱신할 수 있고 활용 가능한 연결고리로 바라보는 것이 무엇보다 중요하다.

아는 것은 연결되어야 한다. 그리고 어쩌면 아는 건 이미 충분한지도 모른다. 음악에 있어서도, 삶에 있어서도.

지극히
단순하지만 근사한

캐롤 같은 음악, 축제 같은 삶

친한 동생과 시간을 보내다 영국밴드 콜드플레이 이야기가 나왔다. 동생은 물었다. 콜드플레이의 최근 앨범을 어떻게 생각하느냐고. 나는 대답 대신 곧장 블루투스 스피커로 『Everyday Life』 앨범을 틀었다. 인트로 트랙은 건너뛰고 첫 곡인 「Church」를 재생했다. 나는 그 곡과 첫 싱글로 발매되었던 「Orphan」 그리고 마지막 트랙인 「Champion Of The World」는 좋다고 말했다. 그런데 다른 곡들은 아무래도 좀 평범한 것 같다고, 심지어 어떤 곡은 다소 유치한 것 같기도 하다고 말했다. 그러자 녀석은 대뜸 이렇게 말했다.

"근데 콜드플레이 노래들… 뭔가 캐롤 같다는 생각 들지 않아요?"

평소에는 대체로 멍해 보이는 녀석이 종종 음악 이야기만 나오면 무척이나 날카로워진다. 가끔 무서울 정도다. 표정은 멍한 채 그대로인데 엉뚱한 표현으로 의표를 정확히 찌른다. 그러나 본인은 자신의 말이 의표를 찔렀는지 어쨌는지 잘 모르는 것 같다. 나만 혼자 속으로 뜨끔해한다. '그러고 보니 확실히 그렇네. 아무튼 예리하단 말이지' 하면서.

벌써 세월이 이렇게나 흘렀는지 잘 실감은 나지 않지만, 어느덧 콜드플레이도 누군가의 음악적 도정을 설명할 때 거론할 수밖에 없는 음악가가 되었다. 나 또한 예외는 아니다. 하지만 그들은 아직도 한창 때인 것 같아 이런 이야기를 꺼내기가 어쩐지 어색하다. 내가 음악에 흥미를 갖기 시작한 게 그것밖에 안 됐나 싶다가도, 아니 그보다 콜드플레이가 그렇게나 오래됐나 싶기도 하고. 시간이 살짝 어긋난 듯 기묘한 기분이 든다.

내가 처음 접한 콜드플레이 음반은 두 번째 정규 앨범인 『A Rush Of Blood To The Head』였다. 수능시험을 마치고 종일 미대 입시를 준비하던 2002년 겨울의 일이다. 나는 이 앨범을 카세트테이프로 구입해 들었는데, 그 전까지만 해도 콜드플레이라는 밴드에 대해 전혀 모르고 있었다. 마침 오래 듣던 음반들이 지겨워져 불쑥 음반 가게를 찾았고, 마침 가진 돈이 모자라 CD보다 싼 카세트테이프를 구매할 수밖에 없었고, 카세트테이프 진열장에서 가장 괜찮아 보이는 걸 뽑아들었더니 마침 그 앨범이더라 하는 게 사건의 전개다. 실제 음악이 어떨지는 몰라도 일단 밴드 이름과 커버아트, 디자인이 아주 마음에 들있다.

그 앨범이 단번에 내 마음을 사로잡은 건 아니다. 처음에는 오히려 상당히 이질적으로 들렸다. 거기에는 내가 느껴보지 못했던 생경한 정서가 담겨 있었고, 나는 그걸 어떻게 받아들여야 할지 몰랐다. 그 시절 나는 국적 같은 걸 확인해가며 음악을 듣지 않는데, 돌아보면 그때까지 즐겨들은 대부분이 미국 음악이었다. 그것들은 더없이 호쾌하고 심플하고 직설적이었다. 그런 음악에 익숙해져 있던 나로서는 콜드플레이의 음악이 얼마간 다르게 느껴질 수밖에 없었다. 물론 당시에도 라디오헤드나 블러, 오아시스 같은 걸출한 영국 밴드들이 있었지만, 아직 내 관심 밖이었다. 그렇게 나는 스스로도 모르는 사이 영국 음악에 발을 들여놓아버렸던 것이다.

내가 생각하기에, 어떤 음악이 개인에게 큰 영향을 발휘하는 건 단순히 거기에 담긴 음과 리듬이 뛰어나기 때문만은 아닌 것 같다. 모든 음악에는 그걸 만든 음악가의 삶과 태도가 담긴다. 그 태도가 나라는 인간과 얼마나 호응하느냐에 따라 어떤 음악은 그저 뛰어난 음악으로 남고, 어떤 음악은 나라는 인간을 이루는 중요한 요소의 일부가 될 수 있다. 태도의 근간이 될 수 있다. 다소 거창하게 들릴지도 모르겠지만, 그것은 세상을 어떻게 바라보고 어떤 모습으로 어떻게 살아갈 것인가 하는 문제와도 연결될 수 있다.

콜드플레이라는 밴드가 내게 큰 의미를 갖게 된 것 역

시 같은 맥락에서다. 이를테면 그때까지 나는 단순한 음악 기술로는 투박한 것밖에 표현하지 못한다고 생각했다. 근사한 음악이란 아주 뛰어난 능력을 타고난 사람들, 특히 록 음악은 아주 괴팍하고 유별난 사람들의 전유물이라고 생각했다. 따라서 나처럼 범속하고 내성적인 사람은 그저 멀리서 그들을 바라보며 즐기면 그만이라고, 거기에는 내가 끼어들 여지가 조금도 없다고, 그게 당연하다고 여겼다. 물론 음악가들이 그렇게 떠들고 다닌 건 아니지만, 그들의 화려한 차림과 멋들어진 말, 행동거지를 보면 자연스럽게 그런 생각이 들었다. 내게 음악은 뼛속까지 특별함으로 가득 채워져 있어야만 이룰 수 있는 태생적 일탈로 보였다.

그런데 콜드플레이의 음악이 귀에 들어오기 시작하고 그들에 대해 알아보다 보니 처음으로 '꼭 그렇지만은 않을지도 모른다'라는 생각이 들었다. 그들의 음악은 더없이 단순했다. 화려한 음악적 기술을 내보이거나 하지도 않고, 말투도 차림새도 행동거지도 평범할 따름이었다. 물론 국적이 다르다 보니 외모는 얼마간 달랐지만, 그것만 빼면 그들은 나와 같은 그냥 보통 사람처럼 보였다. 수줍음이 많고, 가끔 못난 자격지심에 사로잡혀 한심한 말을 내뱉고, 언뜻 멍청해보일 정도로 체면을 차리지 않고 해맑게 웃었다.

하지만 음악만은 그렇지 않았다. 표면은 더없이 단순하고 밋밋하게 보일지 몰라도 유심히 들여다보면 그 안쪽에서는 상당히 복잡한 일이 일어나고 있었다. 내가 느끼기에 그건 수준 높은 기술로 완성될 수 있는 것이 아니었다. 더 뺄 것 없는 단순함이 다양한 우회로를 거치며 완성되는 것이었다. 그들은 개별적인 기술의 수준보다는 그것이 만들어내는 구조적 완성도를 가장 우선순위에 두고 있는 것처럼 보였다. 음악을 일종의 기술 곡예처럼 감상해왔던 내게 그건 신선한 충격이었다. 어쩜 이리 담담하면서도 절절할까. 어쩜 이리 점잖으면서도 청승맞을까. 어쩜 이리 고풍스러우면서도 세련되었을까.

결국, 그 모든 건 내게 이렇게 읽혔다. 범속한 모습으로 범속하게 사는 사람의 내면에도 얼마든지 고고함이 있을 수 있다. 단순한 기술로도 얼마든지 깊이 있는 것을 추구해나갈 수 있다. 중요한 건 기술 자체가 아니라 그것을 다루는 태도에 있다.

나는 콜드플레이가 그를 의도하지는 않았을 거라 생각한다. 다만 '음악가라면 이래야 한다', '록 음악은 이런 것이다' 하는 생각은 멀리 던져두고, 어디까지나 자기 자신인 상태로 자신들이 하고 싶은 바를 소신껏 했을 뿐이라고 생각한다. 하지만 그게 결론적으로는 하나의 삶의 태도를 공표해버린 결과가 된 것이다. 그들은 어렵게 설명하지 않고 자신들이 가진 단순한 것들로 그 태도를 몸소 보여주었고, 그 모습을 보고 나는 앞으로 어떻게 살고 싶은지, 내가 무엇을 할 수 있을지 구체적으로 고민하기 시작했다.

돌아보면 콜드플레이는 매 앨범 신기할 정도로 변화에 빠르고 예민하게 반응해왔다. 데뷔한 지 이미 20년이 넘었음에도 좀처럼 음악이 낡았다는 느낌이 들지 않는 건 그런 이유에서일 것이다. 그래서 종종 영악하다는 이야기를 듣기도 한다. 나도 『Viva La Vida or Death and All His Friends』가 발매되었을 때즘엔 '이 양반들은 이제 밴드이길 포기한 모양이다'라며 얼마쯤 실망감을 느꼈다. 하지만 돌아보면 그때그때 새 옷을 입은 것처럼 보여도 그들 음악의 본질이 바뀌었던 적은 없다. 그들은 늘 단순하면서도 근사한 음악을 추구했고, 그 중심에 있는 메시지 역시 늘 한결같았다.

실제 삶이 어떻든 누구나 좀 더 크고 높은 가치를 희구하고 꿈꿀 필요가 있다. 음악은 그것을 드러내는 역할을 해야 한다. 현실과 타협해나가는 것과는 별개로 우리는 그러한 순진무구한 믿음을 소중히 지켜나갈 필요가 있다. 그건 선택받은 소수만이 할 수 있는 일이 아니다. 누구나 할 수 있고, 또 해야만 하는 일이다. 우리는 그 사실에 기뻐하고 감사해야 한다. 나아가 서로를 격려하고 축하해주어야 한다.

콜드플레이의 음악이 얼마간 캐럴처럼 들리는 이유는 바로 거기에 있는 게 아닐까. 물론 송라이터인 크리스 마틴이 독실한 '기독교도'라는 점도 분명 조금은 작용했을 테지만, 가장 큰 이유는 역시 그들이 삶을 거대한 축제로 바라보고 있기 때문이 아닐까.

　　그래서 매번 이러쿵저러쿵해도 그들의 새 앨범을 기
대할 수밖에 없다.

나는 왜
가수가 아닌가

마티니를 마티니라 부르듯이

데뷔 초, 나는 떨리는 마음으로 검색창에 내 이름을 써넣었다. 그러자 화면 상단에 사진과 함께 나에 대한 간략한 정보가 표시되었다. 인물 검색에 등록되다니 실로 감동적인 순간이었다. 한쪽에서는 '대체 TV에는 언제 나오냐'고 끈질기게 물어댔지만, 내게는 TV보다 인터넷이 훨씬 더 의미 있는 공간이기에 그걸로 충분했다. '그래, 이걸로 됐다. 나도 이제 공식적인 음악가가 된 거다.' 나는 마치 귀중한 액자라도 들여다보듯 팔짱을 끼고 흐뭇하게 인물 검색 결과를 감상했다.

하지만 얼마 안 가 나는 당황하고 말았다. 내 이름 옆, 그러니까 직업란으로 추정되는 공간에 '가수'라 쓰여 있었기 때문이다. 황급히 다른 음악가의 이름을 검색해보았다. 국내외 가릴 것 없이 나와 비슷한 일을 한다고 여겨지는 음악가라면 생각나는 대로 검색창에 써넣었다. 그리고 곧 확인할 수 있었다. 비틀스도, 퀸도, 콜드플레이도, 언니네 이발관도, 심지어 에미넴마저도 '가수'로 표기되어 있다는 사실을.

그렇게 유명한 음악가들도 가수로 분류되는 판국에 내가 감히 무슨 불만을 제기할 수 있겠냐만은, 그래도 이건 좀 아니지 않나 싶었다. 문득 앞으로 내가 어떤 말을 듣게 될지 불길한 예감이 엄습해왔다. "이야, 가수야? 그럼 노래 잘하겠네? 그래, 그럼 TV에는 언제 나와?"

혹시 오해가 생길지 몰라 하는 말인데, 나는 여기서 싱어송라이터가 가수보다 낫다거나 못하다고 말하려는 게 아니다. 오히려 나 같은 사람이 가수라고 불리는 것에 대해 진짜 가수 분들에게 송구함을 느낀다. 물의를 일으킨 것만 같은 기분도 든다. 하지만 그것과 별개로 나는 또 나대로 내가 하는 일을 제대로 이해받지 못해 난감한 것이 사실이다.

물론 음악의 세부적인 분류에 익숙하지 않은 사람이라면 가수와 싱어송라이터를 구분하지 못할 수 있다. 이를테면 내가 부장과 과장의 차이를 전혀 모르는 것처럼 말이다. 그러나 포털사이트처럼 만인에게 노출되어 있는 공간에서는 그에 대한 표기를 정확히 해주어야 하지 않나.

싱어송라이터란 말은 '싱어singer'와 '송라이터songwriter'의 합성어다. 어쨌든 '싱어'는 가수란 뜻이니 가수라고 불러도 별 상관없는 거 아니냐고 반문하고 싶을지 모른다. 하지만 그게 그렇게 간단하지만은 않다.

가수는 말하자면 전문 표현가다. 뛰어난 가창 실력과 자신만의 음색으로 음악을 표현하는 것이 가수의 일이다. 따라서 가수란 그 자체로 '프로페셔널'을 의미한다. 가수라 불리기 위해서는 가창력에 있어서만큼은 특출나야 한다.

그런데 싱어송라이터 쪽은 이야기가 좀 다르다. 물론 싱어송라이터 중에도 가수 못지않은 가창 실력을 가진 이들이 있으나 필수 조건은 아니다. 왜냐하면 싱어송라이터의 목적은 어디까지나 '곡과 가사와 연주와 노래를 한데 엮어 하나의 이야기로 전달'하는 데 있지, '노래를 부르는 행위' 자체에 있지 않기 때문이다.

예술가들의 사연이란 대체로 "처음부터 이럴 작정은 아니었다"로 시작해 "어쩌다 보니 그리 되었다"로 끝나는 경향이 있는데, 내 경우도 크게 다르지 않다. 나 역시 처음부터 노래까지 부를 생각은 아니었다. 그저 멋진 곡을 쓰고 싶다는 마음밖에 없었다. 물론 '노래까지 부를 수 있다면 멋지겠지' 하고 생각은 했으나, 원체 노래에 자신이 없어 좀처럼 입이 떨어지지 않았다.

하지만 곡을 쓰기 위해서는 노래를 불러야 했고, 자꾸 부르다 보니 어느새 내 목소리가 귀에 익어버렸다. 아니, 목소리만 놓고 보면 여전히 들어주기 힘들었지만(사실 그건 지금도 마찬가지다), 신기하게도 곡과 같이 들으면 그리 나쁘지 않게 들렸다. 오히려 그 자리에 다른 목소리가 들어가는 게 더 어색할 것 같았다. 그런 식으로 곡을 쓰다 보니 남부끄러웠던 내 목소리는 내 음악에서 차츰 더 중요한 요소로 자리 잡아갔다.

그리하여 노래를 부르는 일(싱잉singing)과 노래를 만드는 일(송라이팅songwriting)이 떼려야 뗄 수 없는 관계가 되어버렸다. 당장 마땅한 적임자가 없어 임시로 떠맡은 일이 돌연 내가 아니면 아무도 할 수 없는 일이 되어버린 셈이다. 나의 음악은 그 두 가지가 구분될 수 없을 정도로 뒤엉켰을 때에야 비로소 성립된다. 한쪽이 의미를 잃어버리면 반대쪽도 의미를 잃는다.

술에 빗대어 말하자면 그건 한 잔의 칵테일, 예컨대 마티니 같은 것이라 할 수 있다. 우리는 마티니를 '진'이라거나 '진과 베르무트를 몇 대 몇 비율로 섞은 것'이라 부르지 않는다. 무엇으로 만들어졌든 마티니는 어디까지나 마티니인 것이다. 설령 진과 베르무트를 따로따로 마셔본들 그것이 마티니가 되는 것은 아니다. 그 두 가지 술이 마티니라는 이름의 술로 거듭나기 위해서는 마땅한 시간과 기술과 노력이 필요하다. 알맞은 비율과 온도를 유지하고, 적절한 방법으로 희석하고, 특정한 형태의 잔에 담아내야 한다. 그 과정을 거치고 나서야 마침내 우리 앞에 마티니라는 한 잔의 술이, 하나의 새롭고 독립적인 개념이 모습을 드러내는 것이다.

물론 모습은 다르고, 아쉽게도 이쪽은 마실 수 없지

만, 싱어송라이터도 말하자면 그런 것이다. 싱어송라이터의 본질은 싱어와 송라이터 각각이 규정하는 것 너머에 있다. '싱어'와 '송라이터'를 띄워 쓰지 않고 '싱어송라이터'라고 붙여 쓰는 이유, 그리고 가수가 아니라 싱어송라이터라고 불러야 하는 이유는 바로 거기에 있다. 마티니를 마티니라 부르듯이.

다시 데뷔 초로 돌아가서, 나는 한반도 내의 비틀스와 퀸, 콜드플레이의 명예를 대신해… 서라기보다는 내 직업에 관한 진실(그러니까 그 정도로 노래를 잘하지는 못한다는 사실)과 그걸 매번 설명해야만 하는 미래의 수고를 덜기 위해 포털사이트에 인물 정보 수정을 요청했다. 내가 요청한 직업명은 '싱어송라이터' 또는 '작곡·작사가'였다. 막상 써놓고 보니 어째 부담스럽기도 했지만, 그게 내가 실제로 하는 일들이니 어쩔 수 없었다. 당연한 요청이었다.

하지만 돌아온 답변은 공교롭게도 'No(노)'였다. 이유는 이러했다. 우선 '싱어송라이터'라는 분류는 존재하지 않는다. 그리고 '작곡가'와 '작사가'라는 분류는 존재하나, 그 호칭은 자신이 쓴 곡이나 가사를 다른 가수가 받아서 부른 경우에만 적용된다는 것이었다. 나로서는(사실 누구라도 그러지 않을까 싶은데) 다소 이해하기 어려운 셈법이었다. 작사, 작곡을 했더라도 내가 직접 그 노래를 부르는 경우, 나는 작곡가나 작사가가 아니게 된다는 이야기니까. 결국 나 같은 사람에게 허락된 분류는 '가수' 말고는 없었다. 그 후로 나는 웬만해서는 포털사이트에서 내 이름을 검색해보지 않는다.

혹시나 하는 마음에 방금 다시 확인해보니 대한민국 포털 사이트에서 비틀스와 퀸과(「보헤미안 랩소디」의 위력도 별 소용이 없던 모양이다) 콜드플레이와 에미넴은 여전히 '가수'다. 나는 그들도 이러한 사실을 알고 있는지 몹시 궁금하다.

얼마간
헝그리한 상태

약간 버거운 정도가 딱 좋다

수년 전, 재즈 피아니스트 키스 재럿의 『The Köln Concert』를 듣고 아연실색했다. 이 앨범은 1975년 1월 24일 독일 쾰른시의 오페라 하우스에서 열렸던 솔로 피아노 공연을 녹음한 것으로, 총 네 트랙에 러닝타임은 한 시간이 조금 넘는다. 그러니까 한 트랙이 10분에서 20분 정도가 되는 셈이다. 하지만 나를 놀라게 한 건 곡의 길이가 아니라, 앙코르로 연주된 6분가량의 곡을 제외한 대부분의 연주가 기본적으로 '즉흥'이라는 데 있었다. 더구나 그렇게 해서 나온 음악의 완성도가 기적처럼 높다. 주로 모든 요소가 정연하게 짜인 팝과 록 음악만을 들어온 나로서는 충격을 받을 수밖에 없었다.

　　나 역시 악기를 다루는 음악가지만, 그 앨범에서 선보인 키스 재럿의 연주는 내가 지금까지 해온 일과는 상당 부분 달라보인다. 단순히 기타냐 피아노냐 록이냐 재즈냐 하는 차이를 말하는 것이 아니다. 일단 완성된 음악은 외양이 어떻든 대개 비슷한 원리로 작동되기 마련이다. 내가 다르다고 생각하는 점은 거기까지 도달하는 과정 즉, 연주라는 도구를 어떻게 사용하느냐 하는 데 있다. 목적지는 비슷하나 거기 다다르는 방법과 경로가 다르다고 할까.

내가 하는 일은 적당한 음과 리듬을 마련한 다음 되도록 근사한 모습으로 다듬어나가는 것이다. 예컨대 시계공이 작은 부품 하나하나를 정밀하게 확인한 뒤 조립하거나, 작가가 문장 하나하나를 섬세하게 다듬는 것처럼 말이다. 거기서 필요한 건 한 지점에 응축된 압도적인 기교가 아니라 평범한 기교들을 다양한 형태로 쌓아나가는 것이다. 따라서 오랜 시간이 들고 무수한 조정 작업이 필요하다. 느리고 품이 많이 든다. 그래도 거의 모든 요소들을 통제할 수 있어 그 모든 수고를 기꺼이 또는 어쩔 수 없이 감수하는 것이다.

물론 그 과정에도 즉흥적인 면은 있다. 곡을 만들려면 어쨌든 이런저런 연주를 해봐야 하기 때문이다. 하지만 그건 키스 재럿과 같은 뛰어난 즉흥 연주자들이 선보이는 기교와는 전혀 다르다. 즉흥 연주자의 기교란 최초 착상에서 과정, 결과 도출까지 거의 일체화되어 있다. 내게 있어 중간 단계이자 시행착오인 과정 자체를 밖으로 내어보이는 것이다. 당연한 얘기지만, 그럴 수 있으려면 매우 뛰어난 연주 기교와 음악적 지식, 첨예한 감각이 필요하다. 의식의 향방 하나하나가 그대로 설득력을 갖춘 음악적 표현으로 변환될 수 있어야 한다. 말하자면 그들의 손끝은 크고 촘촘한 그물과 같아서 몇 번만 던져 넣어도 상당량의 물고기를 잡을 수 있다.

그에 반해 내게 즉흥연주란 끊임없이 반복해 그려넣는 연습선과 같다. 보통 또는 그보다 조금 더 나은 수준의 감각을 긴 시간 무수히 반복해 최적의 음과 리듬을 찾는다. 그게 바로 내가 하는 일이다. 내가 사용하는 그물은 크기도 작고 구멍도 숭숭 뚫린 허술한 것이어서 물고기를 충분히 잡으려면 몇 번이고 그물을 던져넣고 거둬들이고를 반복해야 한다. 이는 당연히 퍼포먼스로써 봐줄만한 것이 못 된다.

따라서 즉흥연주에 관한 한 내 마음은 비음악인과 크게 다르지 않을지도 모른다. 만약 당신이 어느 공연장에서 어느 뛰어난 즉흥연주자의 퍼포먼스를 보며 감탄하고 있던 중이라면, 나도 그 옆에서 똑같이 입을 떡 벌린 채 '세상에 저런 일이 어떻게 가능한가', '저 인간은 대체 어떻게 저런 걸 할 수 있나' 하며 감탄하고 있을 가능성이 높다.

즉, 나 같은 부류의 음악가에게 즉흥연주는 단순히 '불가능하다'기보다 애당초 체질적으로 맞지 않는 일이라 할 수 있다. 남들이 보는 앞에서 즉흥연주를 펼치는 건 작가가 남들이 보는 앞에서 당장 한 편의 글을 써내는 것만큼이나 내게 부담스러운 일이다. 내가 가진 가장 중요한 능력은 작업 공간에 혼자 있을 때에 발현된다. 그건 결코 "자, 여기" 하면서 보여줄 수 없는 종류의 능력이다.

이처럼 언뜻 비슷해보여도 음악가가 가진 욕구와 능력에도 다양한 종류가 있고, 당연히 각각이 요구하는 기교의 종류와 정도도 다르다. 나는 어디까지나 내가 잘할 수 있는 것(혹은 하고 싶은 것)이 뭔지를 정확히 알면 된다. 그걸로 충분하다. 그러니까 음악가라고 해서 누구나 즉흥연주에 능숙한 건 아니며 꼭 그럴 필요도 없다.

연주 기교에 대한 내 기본적인 방침은 '작업에 지장을 줄 만큼은 아니지만, 그때그때 다소 아쉬운 수준을 유지한다' 정도로 정리할 수 있다. 다른 싱어송라이터들은 이에 대해 어떤 입장을 갖고 있는지까지는 모르겠으나 나는 그 정도가 딱 적당하게 여겨진다. 내게 연주 기교란 어디까지나 '편의적인 도구'에 지나지 않기 때문이다. 말하자면 늘 조금은 버거운, 얼마간 헝그리한 상태를 유지한다고 할까. 그러다 보니 내 작업 과정은 대체로 이거 어쩌나 조금 모자라네, 뭐 어쩔 수 없지 이 안에서 어떻게든 해보는 수밖에, 아 상당히 즐겁고 보람 있었다, 이거 어떡하나 이번에도 조금 모자라네, 뭐 어쩔 수 없지… 의 반복이 된다. 이상하다면 이상한 과정이다.

대체 왜 그래야만 하는가. 그게 바로 내가 선호하는 '가장 즐겁고 자연스러운 창작의 모습'이기 때문이다. 나에게 창작이란 '이미 갖고 있는 익숙한 것들 사이에서 뭔가를 새로이 발견해나가는 일' 또는 '제약 안에서 자유로움과 자연스러움을 찾아나가는 일'이라 할 수 있다.

'그러면 표현하고자 하는 바를 제대로 전하기 어렵지 않나' 싶은 생각이 들지도 모른다. 그러나 내 경험에 비추어 볼 때 창의력이란 도구가 무한정 널려 있을 때보다는 적당히 한정될 때 더욱 활기를 띈다. 눈앞에 놓인 제약을 어떻게 극복할지 골몰하는 과정 속에서 익숙했던 도구들은 새로운 쓰임새와 가능성을 얻는다. 나아가 이를 통해 아직도 해볼 수 있는 것들이 많음을, 음악이라는 세계가 얼마나 넓고 또 얼마나 활짝 열려 있는지를 통감하게 된다.

이건 최근에야 알게 된 사실인데, 경우는 전혀 다르지만, 1975년 쾰른의 키스 재럿 역시 상당한 제약을 안고 공연에 임했던 모양이다. 수차례 이어진 순회공연과 불면증으로 컨디션이 바닥이었던 데다, 엎친 데 덮친 격으로 피아노의 상태마저 엉망이었기 때문이다. 페달이 잘 밟히지 않고, 심지어 몇몇 건반은 제대로 소리조차 나지 않았다고 한다. 그런 이유로 공연은 취소되기 직전까지 갔지만, 마지막 순간에 극적으로(라고 썼지만 실은 마지못해) 공연을 진행하게 되었다고. 그런 까닭에 키스 재럿은 되도록 페달을 사용하지 않고, 소리가 제대로 나지 않는 건반과 그다지 소리가 좋지 않은 고음부를 피해 연주할 수밖에 없었다.

그렇게 녹음된 앨범이 역사상 가장 사랑받은 피아노 솔로 음반이 될 줄 누가 알았겠는가. 하여간 그런 생각을 하면, 어쩨 또 슬그머니 안심이 되는 것이다.

가장 완벽한 것은
완벽하지 않은 것

장비와 공간에 대해

뭐든 판을 깔아주면 못한다. 가령 시답잖은 농담도 가만히 놔두면 온종일 떠들어댈 수 있지만, 누군가 '어디 한번 해봐' 하는 식으로 나오면 한마디도 나오지 않는다. 농담이 명치 어딘가에서 턱 하고 막혀버린다.

　　나는 기본적으로 과거로 돌아가고 싶다는 생각을 거의 하지 않고 사는 편이지만, 이럴 때만큼은 어린 시절이 슬그머니 그리워지기도 한다. 어릴 때는 둔하고 무례한 어른들이 대놓고 뭘 해보라 시켜도 '지금은 안 돼!'라거나 '지금 하면 망해!'라고 소리치는 내면의 목소리가 들려오면 지체 없이 뭔지도 모를 말만 웅얼거리다 황급히 자리를 떠버렸다. 그래도 어리다는 이유로 얼마쯤은 용서받을 수 있었다. 이제는 나이를 먹어 그러기가 쉽지 않다. 사람들 눈치도 눈치지만, 그보다 나 스스로 어릴 적 내면의 목소리를 자주 묵살해버리기 때문이다. 나 자신이 둔하고 무례한 어른이 되어버린 것이다.

결국은 자발성의 문제다. 뭔가를 자발적으로 해나갈 때 나는 가장 즐겁고 자연스럽고 창의적일 수 있다. 자발성을 숨 죽게 하는 건 어른의 시선, 사회의 시선이다. 합리적인 듯하지만 경직되어 있고, 실속을 차리는 듯하지만 허영으로 가득 찬 세계다. 누군가 시켰거나 지켜보기에 그래야만 하는 세계다. 따라서 자발적인 일이란 필연적으로 남들이 보기에 '아무도 시키지 않은 일' 또는 '꼭 해야 할 필요가 없는 일'에 한없이 가까운 모습이 될 수밖에 없다. '이러면 다들 좋아해주겠지'라는 생각보다는 '이러면 혼날 것 같은데'라는 생각이 들 수밖에 없다. 자발적이 된다는 건 내 속에 잠재된 사회와 어른의 시선을 떨쳐낸다는 것이다.

하지만 이 시선은 종종 물건이나 공간의 모습을 하고 찾아와 알게 모르게 훼방을 놓기도 한다. 나의 경우 음악 장비와 작업실이 대표적으로 그렇다. 예전에는 어디서 보고 들은 것만 많아서 좋은 장비와 근사한 작업실이 생기면 당연히 작업도 잘될 줄 알았다. 그러나 실제로는 그것들에 얽매이고 짓눌리기 일쑤였다. 문득 정신을 차려보면 내가 그것들을 보조하고 있다. 나는 음반이나 책 같은 것은 편히 마구 다루는 편인데, 어째서인지 장비와 공간에 있어서만큼은 그게 잘 안된다. 꼼짝없이 영향을 받고 만다.

그러다 보니 오직 음악 작업만을 위해 마련된―방음

재로 뒤덮인 벽과 크고 옹골찬 몇 쌍의 스피커, 값비싼 악기와 장비로 둘러싸인—공간이 있다는 상상만 해도 금세 마음이 무거워진다. 모든 것이 빠짐없이 질서정연하게 갖추어진 공간은 어쩐지 오매불망 나만 기다리고 있는 것 같아 마음이 불편하고 답답하다. "어디 한번 해봐" 하고 말을 걸어오는 것 같다.

그런 연유로 나는 늘 내가 생활하는 방에서 되도록 소박하고 간소한 장비로 작업을 한다. 곡 작업을 할 때면 언제나 2008년쯤에 이십 몇 만원인가 주고 구입한 전자기타를 사용한다. DANELECTRO 59' DANO라는 모델명을 가진 이 기타는 애초에 고급도 아니고, 그동안 온갖 풍파를 겪다 보니 몰골 역시 말이 아니다. 기타한테는 미안한 말이지만, 이건 뭐 어디 들고 나다닐 수준이 못 된다. 거의 고물에 가깝다.

게다가 이 녀석은 소리에 있어서도 내가 하는 음악과 기본적으로 잘 맞지 않는다. 가령 나와 유사한 장르의 음악을 하려는 사람이 기타를 추천해달라 한다면, 그 추천 목록에는 절대 들어가지 않을 기타다. 소리가 기분 좋게 찰랑대기보다 힘겹게 깨갱거리며 칭얼대는 듯한 느낌이다. 그래서 지난 십여 년간 몇 번이고 다른 훨씬 좋은 기타를 구입해 적응해보려 했으나 어째서인지 잘 되지 않았다. 워낙 오랜 시간을 함께해 내 음악과 한 몸이 되어버린 측면이 있다. 물론 이제는 이 낡고 추레한 기타가 얼마나 창의적이고 헌신적인지 잘 안다. 어떤 의미에서 내가 사용하는 모든 기타들은 이 기타를 흉내 낼

뿐이다. 아무리 비싸고 좋은 기타라 해도.

작업 공간인 내 방 역시 음악 작업실이라 소개하기 민망한 모습을 하고 있다. 방음재나 스피커, 복잡하게 생긴 고급 장비 같은 건 그림자도 보이지 않는다. 그냥 평범한 방이다. 하지만 나는 이런 편이 한결 마음이 놓인다. 장비란 무엇보다 가벼운 마음으로 마음껏 사용할 수 있어야 하며, 작업 공간이란 소박한 일상성이 깃든 곳이어야 한다. 반드시 뭔가를 해야만 하는 '전용 공간'이 아니라 어떤 일이든 일어날 수 있는, '나는 지금 작업 중이다'라는 의식이 들지 않을 만큼 활짝 열린 융통성 있는 공간이어야 한다.

요컨대 자발성을 유지하는 나만의 비결이란 작업을 비일상적 이벤트로 만들지 않는 것이다. 장비든 공간이든 나를 부자연스럽게 만드는 것들은 하나씩 제거해나가야 한다. 그러다 보면 자연히 늘 뭔가 조금은 부족하고 아쉬울 수밖에 없다. 풍요롭거나 완벽한 환경과는 거리가 멀어진다. 그렇지만 그것이 내가 가장 완벽하게 여기는 장비와 공간의 요건이라 할 수 있다. 내게 가장 완벽한 건 완벽하지 않은 것이다. 그런 까닭에 나는 되도록 주변을 뭔가로 가득 채우려하지 않는다. 그리고 아무도 시키지 않았거나 꼭 해야 할 필요가 없는 일을 찾아서 한다. 작업실 같지 않은 장소에서 고물 같은 악기를 안고 왠지 혼날 것 같은 일을 한다.

개별성과 실감

싱어송라이터는 누구인가

이런 발언은 뭇매를 사게 될 공산이 크겠지만, 내게 싱어송라이터란 정도의 차이만 있을 뿐 기본적으로 어딘가 심사가 뒤틀려 있고, 뭐든 자기 식대로 하지 않으면 성이 차지 않는 사람이다. 간단히 말해 대단히 피곤한 타입의 인간이다. 멀리 떨어져서 보면 멋져보일지 몰라도 가까이 붙어 지내다 보면 아무튼 피곤한 점이 한둘이 아니다. 최근에 읽은 어느 책에 '예술가란 일반인에 비해 뭔가를 더 가진 인간이 아니라 오히려 몇 가지 요소가 현저히 결여된 인간'이라는 취지의 내용이 있었는데, 격하게 공감했다. 딱 맞는 말이라 생각한다. 굳이 강조할 필요도 없겠지만, 이것은 정확히 내 이야기이기도 하다.

물론 그런 기질이 낳는 긍정적인 면도 분명 있다. 먼저 자기 기준이 워낙 투철하다 보니 웬만해서는 주변에 휘둘리지 않는다. 오로지 자신이 직접 경험하고 두 눈으로 확인한 것만 믿는다. 그 결과 특정 부분에 있어서는 지극히 심드렁한 태도를 보이지만, 특정 부분에 한해서는 깜짝 놀랄 정도의 이해와 공감 능력을 보이기도 한다. 그리고 본인부터가 워낙 제멋대로라 타인의 뒤틀림이나 제멋대로인 부분에 대해서도 꽤 관대한 편이다. 이 또한 정도의 차이는 있겠지만, 대체로 그런 편이다. 피곤한 건 사실이지만, 적어도 믿을 수 없다거나 겉과 속이 다른 사람은 아니다. 오히려 겉과 속이 너무 차이가 없어서 오해를 사는 일은 있어도.

거기 더해 그런 기질은 자신만의 음악을 고집스레 견지할 수 있게 한다. 바람직한 인격 형성에 있어 중요한 몇 부분을 내어주는 대신 창작에 필요한 특수한 능력을 갖게 된 경우라 할까. 물론 파우스트와 메피스토펠레스가 그러했던 것처럼 "자, 이걸 줄 테니 그걸 다오"라는 식으로 간단히 거래가 이루어지는 건 아니다. 나도 모르는 사이 그런 기질이 갖춰졌고, 그것이 나를 이런 종류의 일로 살금살금 내모는 것이다.

다만 보기와 다르게 싱어송라이터가 하는 일에는 필연적으로 일말의 부끄러움이 따른다. 다른 여타 예술 활동과 마찬가지로 싱어송라이터의 일 역시 너무도 개인적이기 때문이다. 싱어송라이터는 자신의 내면에 있는 차마 말로 하기 힘든 개인적인 심정을 노래에 담는다. 그리고 그 노래를 자신의 목소리로 직접 표현한다. 그중에는 전문 가수만큼 노래를 잘 부르는 이도 있지만, 대다수는 그저 자기 식대로, 자신이 부를 수 있는 정도로 부른다. 나는 바로 그 부분이 싱어송라이터가 지닌 가장 훌륭한 점 중 하나라고 생각한다. 그건 도저히 제대로 돼먹었다고 하기 어려운 한 인간이 자신이 돼먹지 못했다는 사실을 알고도 스스로를 용감하게 드러내는 행위이기 때문이다.

물론 싱어송라이터는 의식적으로든 무의식적으로든 있는 그대로 자신을 드러내야만 남다른 개별성을 얻을 수 있다는 사실을 알고 있다. 비록 객관적으로 뛰어나지 않더라도 자신이 가진 플러스와 마이너스를 하나의 '사례'로써 덩어리째 내보이면, 실상 플러스와 마이너스를 구분하는 경계의 의미가 사라진다는 것을 말이다. 개별성이란 상하우열이 아닌 좌우편차에 의해 결정된다는 사실을 이해하고 있는 것이다. 이를 알고 이행할 수 있다면 이미 훌륭하다. 한 인간이 비로소 싱어송라이터로 거듭나는 순간이 있다면, 그건 음악적 기술이 일정 수준 이상에 도달했을 때가 아니라, 바로 그러한 인식과 믿음이 마음속에 확고히 자리 잡을 때일 것이다.

싱어송라이터에게 효율이나 안정성 같은 개념은 그다지 중요하지 않다. 보다 중요한 것은 작고 제한적일지라도 오직 자신만의 세계를 착실히 일구어나가고 있다는 분명한 느낌, 실감이다. 따라서 그것을 최대화하는 것이 늘 작업의 1순위가 된다. 그런데 개인의 실감이 최대화된다는 건 '효율과 멀어진다' 또는 '리스크가 커진다'는 말과 같다. 개인이 가질 수 있는 시간과 기술에는 한계가 있기 때문이다.

　　소위 주류 음악계와 싱어송라이터계가 가장 극명한 차이를 보이는 것이 바로 이 지점이다. 주류 음악계는 대개 철저한 분업을 통해 그러한 비효율과 리스크를 극복한다. 다시 말해, 효율과 속도는 최대화하고 리스크는 최소화한다. 그러니까 싱어송라이터가 하는 일은 정확히 그와 반대인 셈이다. 뚜렷한 실감을 얻을 수만 있다면 싱어송라이터는 언제든 비효율의 덫에 걸려들고 리스크를 짊어질 준비가 되어 있다. 누구의 손도 빌리지 않고 지금 내가 할 수 있는 만큼의 최선을 다하는 것과 이를 통해 얻을 수 있는 기쁨은 다른 어디에서도 찾을 수 없다는 걸 경험적으로 너무 잘 알기 때문이다. 이야기만 구상하고 문장은 다른 이에게 쓰게 하는 소설가가 없듯, 싱어송라이터 역시 가능한 작품 모든 부분에 자신의 손길이 닿길 원한다. 이것은 온전한 인격의 소유자라면 쉽게 다다를 수 없는 영역이다.

　　따라서 나는 싱어송라이터라면 누구나 근본적으로 비주류적인 면모를 지닐 수밖에 없다고 생각한다. 어떤 싱어송라이터든 '공통적이고 보편적인 무언가'를 맹목적으로 추구한다고 생각하지 않는다. 이 일은 필연적으로 개인적일 수밖에 없으며 그러지 않고서는 스스로에게 특별한 의미를 갖기 어렵기 때문이다. 물론 앞서 밝혔듯 싱어송라이터 중에도 실력이 출중하고, 자신과 대중의 욕망을 아주 자연스럽게 연결시킬 줄 아는 이들은 존재한다. 하지만 그럼에도 이 일을 해 나가는 마음의 중심부에는 모두 얼마간 비슷한 것이 자리하고 있다고. 좀 더 과감하게 말하자면 그래야만 한다고 나는 생각한다. 그것이 바로 내가 생각하는 싱어송라이팅이며 그 일을 하는 사람이 바로 싱어송라이터다.

이상의 이유로 나는 이 세상의 모든 싱어송라이터에게 한결 같은 경의를 품고 있다. 그들이 하는 일이 진심으로 멋지고 가치 있다고 생각한다. 다만 되도록 가까이 두고 싶지 않을 뿐이다. 지금 정도 거리가 딱 적당하다. 이 이상 좁혀지면 서로가 피곤해진다. 아마 저쪽도 비슷한 생각일 것이다.

내가 놓친
음악의 시간들

음악을 공부하는 가장 좋은 방법

한창 작곡 연습에 몰두해 있던 2009년, 나는 유명 음악가의 것을 어설프게 따라 한 아류작만 연신 쏟아내고 있었다. 물론 만든 순간에는 기고만장했다. 드디어 곡다운 곡을 썼다며 불끈 쥔 두 주먹을 허공에 마구 휘저었다. 그리고 며칠 뒤에 어김없이 고개를 떨궜다. 반복해 듣다 보니 출처가 너무도 명확히 보이거나 허술한 점이 끝도 없이 드러났기 때문이다.

내가 만든 곡은 어쩜 이렇게 하나같이 성장기에 불량 식품만 잔뜩 먹고 자란 것처럼 속부터 비쩍 마르고 엉성한 몰골일까. 정말 이런 식으로 계속하면 작곡 실력이 느는 것일까. 의문이 산더미처럼 쌓여갔지만, 원인을 알 수 없어 답답하기만 했다. 잘은 몰라도 거기에는 분명 중요한 뭔가가 빠져 있는 듯보였다.

대체 이 결핍은 어디서 오는 것일까. 꽤 오랫동안 생각했다. 음악을 잘하고 싶다는 열정이 가장 넘쳐흐르던 시기였지만, 주변에 그런 질문에 대답해줄 사람도, 음악에 대해 고민하고 의견을 나눌 만한 사람도 없었다. 혼자 생각하고 또 생각해보는 것 말고는 딱히 방법이 없었다. 매번 곡을 쓴 다음 실망할 때마다 내가 아무렇지 않게 습관적으로 하고 있는 일들을 처음부터 찬찬히 돌아보는 시간을 가졌다. 나아가 내가 하고자 하는 음악이 무엇이며 이를 통해 무엇을 이루고 싶은 건지 좀 더 명확하고 객관적으로 파악해보려 했다.

　　내가 도달한 결론은 간단했다. 소양과 기본기 부족. 그것밖에 없었다. 우선 소양에 대해 말하자면, 나는 오랜 시간 폭넓게 음악을 들어온 사람이 아니었다. 주로 동시대의 몇몇 특정한 음악들만 탐닉했을 뿐이었다. 따라서 내 속에는 음악적 양식이 몇 없었다. 대중음악은 최소 100년의 역사를 갖고 있다. 그 긴 세월 동안 음악은 수없이 많은 양식을 정립하고 또 변화해왔다. 현재의 음악은 그처럼 유구한 시간 위에 성립해 있는 것이다. 당연히 나는 그 시간을 살지 못했다. 결국 지금 여기서 음악을 한다는 건 그 시간을 얼마간 따라잡은 다음 그를 다시 내 식대로 이어가는 것이 아닐까. 내가 보기에 그 시간을 따라잡는 것이 소양이었다. 나는 지금보다 더 많은 양식을 접할 필요가 있었다.

　　나는 동시대 음악가들을 선망했지만 그들을 단순히 선배라고 생각하지 않았다. 그들의 후계자가 되고 싶은 것도 아니었다. 나는 그들과 동등한 음악가가 되고 싶었다. 물론 그들의 음악은 나도 모르게 따라 하게 될 정도로 더없이 훌륭하지만, 따지고 보면 그 역시 결국에는 이전 세대의 음악을 이어받고 해석한 것이었다. 보이진 않지만 어딘가에 분명 존재하는 두텁고 단단한 음악적 지층 위에 세워진 것이다. 따라서 그들의 음악이 어디서 파생되었는지 어떤 양식들을 기본으로 삼고 있는지 적어도 그 지점까지는 가봐야 의미 있는 게 나오지 않을까 싶었다. 그들이 해석한 것을 또 해석해봐야 도무지 의미 있는 게 나올 것 같지 않았다.

다음으로는 기본기 부족이었다. 혼자 마구잡이로 익힌 것에 불과하긴 했어도 기타는 얼마쯤 다룰 수 있었다. 적어도 부족하다고 말할 수준까지는 아니었다. 다만 기타를 제외한 다른 악기들에 대한 기본적인 이해와 기술이 턱없이 부족했다. 어찌 보면 당연한 일이었다. 이건 지금에서야 드는 생각이긴 하지만, 사실 엄밀히 말하면 그런 상황에서는 기타 연주만으로 감당이 가능한, 요컨대 철저히 1인 싱어송라이터의 방향으로 접근했어야 옳다. 그러나 당시에는 '음악은 밴드가 연주하는 것'이라는 도식이 이미 오래 전부터 내 속에 단단히 자리 잡고 있어서 그런 옵션은 고려조차 하지 않았다. 그래서 나는 거기서 한발 더 들어가기로 했다. 당시에는 인지하지 못했지만, 나는 스스로 밴드가 되려 하고 있었다.

오랜 고민과 궁리 끝에 내가 내린 결정은 '비틀스 마스터리The Beatles Mastery'라는, 지금 돌아보면 참으로 거창하게도 이름 붙인 개인 차원의 프로젝트를 시작하는 것이었다. 이는 1966년에 발표된 비틀스의 앨범 『The Magical Mistery Tour』(매지컬 미스터리 투어) 제목을 살짝 비튼 것이다.

'비틀스 마스터리'의 원칙은 간단했다. 비틀스를 중심으로 한 소위 록과 팝의 '고전'으로 여겨지는 음악에 담긴 모든 연주와 소리들(보컬, 코러스, 기타, 베이스, 건반, 드럼, 관현악 등)을 되도록 하나하나 똑같이 재연하고 녹음해보는 것이다. 통상적인 커버처럼 노래와 코드만 파악하고 마는 수준이 아니었다. 그보다 훨씬 더 규모가 크고 집요한 형태의 커버, 즉 모방이었다. 나는 그 일이 내가 하고자 하는 음악에 대한 이해를 보다 깊게 하고, 거기에 필요한 기술들도 자연히 깨우치게 해주리라 판단했다.

다만 당시 내가 가진 악기라고는 전자 기타 한 대와 작은 앰프밖에 없었으므로, 통장을 헐어 야마하의 디지털 신시사이저를 구입했다. 웬만한 악기 소리는 거기 전부 내장되어 있었다. 이제부터 그게 나의 밴드이자 오케스트라가 되어줄 터였다.

녹음 장비는 수년 전부터 사용하던 오래된 데스크톱 컴퓨터와 '쿨에디트 프로'라는 당시 기준으로도 한참은 뒤떨어진 녹음 프로그램, 그리고 목이 부러진 작은 웹 채팅용 마이크가 전부였다. 당연히 녹음 상태가 좋을 리 없다. 하지만 그런 건 상관하지 않았다. 중요한 건 기록되어 나온 것의 음질이 아니라 그 과정에 있었으니까.

그렇게 꽤 많은 곡을 녹음했다. 일일이 세어보지는 못했으나 대충 어림잡아도 50~60곡 정도는 되었을 것이다. 말할 필요도 없겠지만, 그건 다방면에서 어마어마한 공부가 되었다. 덕분에 이전까지는 엄두도 내지 못했던 피아노도 얼마간 연주할 수 있게 되었고, 드럼과 베이스를 운영해나가는 요령, 화음을 쌓고 코러스를 활용하는 방법, 관악기나 현악기를 구사하는 요령, 곡의 일반적인 구성과 변칙의 예, 녹음 프로그램을 다루는 방법 등 작곡에 필요한 다양한 기술과 감각을 마치 내 것처럼 하나하나 익힐 수 있었다. 그러다 보니 자연히 작곡 실력도 차근차근 향상되었고, 청음 능력도 몰라보게 좋아졌다.

돌아보면 그건 바둑이나 체스 선수들이 과거 명경기의 기보를 공부하는 것과 유사한 측면이 있었던 듯하다. 이미 승패를 알더라도 직접 내 몸을 움직여 한 수 한 수 두어보면 와닿는 무게와 감촉이 완전히 다르다. 손길 하나하나에 그 일에 필요한 소양과 기술이 듬뿍 맺혀 있음을 절절히 깨닫게 된다. 이를 통해 무엇이 방어이고 공세인지, 방어처럼 보이던 게 어떻게 공세가 될 수 있는지 똑똑히 느낄 수 있다. 다시 말해 기보를 공부한다는 건 명인의 시점에서 경기를 다시 체험하는 일과 비슷하다 할 수 있다. 비록 간접적일지는 몰라도 단순한 관전에서 참전으로 입장이 바뀌고, 현재에서 과거로 시간이 바뀌는 것이다.

음악을 모방하는 일 역시 마찬가지다. 음악을 단순히 두 손 놓고 감상하는 것이 아니라 그것이 성립되는 과정을 몸소 체험하는 것이다. 그 속에 담긴 음악적 소양과 기술, 그 완고함과 유연함을 직접 몸으로 통과시키는 것이다. 신기하게도 그러고 있다 보면, 그걸 만든 음악가의 손길이랄까. 거기 담긴 마음을 어쩐지 조금은 알 것 같은 기분도 든다. 적게는 수년에서 많게는 수십 년 전 전혀 다른 장소에서 만들어진 곡들임에도 그렇다. '시간을 따라 잡는다'는 건 결코 과장된 표현이 아닌 것이다.

나는 음악에 관한 가장 훌륭한 교범이 누구나 접근할 수 있는 곳에, 누구나 읽을 수 있는 상태로 펼쳐져 있다고 생각한다. 그것은 시간을 이겨낸 음악들이다.

한글 작사의
즐거움과 어려움

중재는 언제나 통제보다 어렵다

지망생 시절 작사는 나의 최대 난제였다. 느리긴 해도 차츰 나아지던 작곡과 달리 작사, 특히 한글로 가사를 쓰는 건 아무리 시간이 지나도 나아질 기미가 보이지 않았다. 결국 한글 작사는 내가 가장 뒤늦게 깨우친 음악 기술이 되었는데, 여전히 난제라는 사실에는 변함이 없다. 단지 '최대'라는 수식이 붙지 않을 뿐이다. 이야기를 들어보면 다른 싱어송라이터들 역시 대체로 비슷한 심정인 모양이다(모두의 건투를 빈다).

내가 생각하기에 한글 작사가 어려운 근본적인 이유는 조금 독특한 변환 작업을 거쳐야 하기 때문인 듯하다. 무슨 말인가 하면, 지금처럼 글을 쓰는 입장에서 한글은 도구이기도 하지만, 그 자체로 하나의 기반이기도 하다. 컴퓨터로 치면 윈도우즈나 맥OS 같은 운영 체제에 가깝다고 할까. 뿌리부터 이파리 끝까지 곧장 연결되어 있어 모든 부위들이 원만히 호환을 이룬다. 물론 이 또한 기능을 극대화시키려면 각고의 노력을 기울여야 하지만, 적어도 번잡하게 몇 겹의 변환 작업을 거치거나 할 필요는 없다. 그래서 가사를 쓰다가 이렇게 글을 쓰면 왠지 좁은 곳에서 넓은 곳으로 나온 듯 시야가 탁 트이는 기분이 든다.

반면 작사를 하는 입장에서 한글은 말하자면 어떤 종류의 외부 프로그램 혹은 패치patch에 가깝다 할 수 있다(흔히 한국말을 잘하는 외국인을 가리켜 '한국어 패치'가 되었다고들 하는데 확실히 그와 비슷한 면이 있다). 작사에서는 한글이 호환을 이루어야 하는 기반＝운영 체제가 다름 아닌 음악이다. 음악은 표현력 자체는 뛰어나지만 뚜렷한 의미 전달에 있어서는 그다지 효용이 없는 '모호한 언어'라 할 수 있다. 이처럼 성격이 다른 두 언어를 잘 조화해내기 위해서는 변환 작업이 필요하다. 한글로 가사를 쓰는 일은, 그 변환 작업을 얼마나 창의적으로 잘 수행할 수 있느냐의 싸움인 것이다.

물론 이 작업은 만만치 않다. 음악은 소리여서 한글 역시 최종적으로는 소리로 다루어져야 하는데, 한글의 경우 소리에 변화와 굴곡이 다채로워 음악의 영역 안에서 제대로 다루어내기가 무척 까다롭다. 따라서 한글로 가사를 쓰려는 음악가는 자신이 표현하고자 하는 음악에 맞는 한글 또는 한글에 맞는 음악을 별도로 새롭게 마련해야 한다.

그 과정에서 음악과 한글 모두에 얼마나 능숙한가 하는

점은 의외로 중요하지 않다. 관건은 그 둘을 얼마나 잘 연결시킬 수 있으며 나아가 얼마나 창의적인 호환(호응)을 이루어낼 수 있느냐. 그것은 어디까지나 별도의 기술이며 별도의 감각과 훈련을 요구한다. 과거 내가 미처 깨닫지 못한 것이 바로 그 점이다. 그때는 그저 음악과 한글을 각각 얼마간 다룰 줄 알면 저절로 가사가 써질 거라고 너무도 단순하게 생각했다.

그런 연유로 과거 내가 선택한 방법은 지극히 단순했다. 그냥 한글은 시원하게 포기하고 영어로 가사를 쓰기로 한 것이다. 물론 당시 내 영어 실력이라고 해봐야 요즘 초등학생과 비등하거나 못한 수준에 불과했으나 그럼에도 나는 왠지 모를 자신이 있었다. 원체 영어 가사를 많이 접했기 때문도 있었지만, 지금 생각해보면 그 배후에는 '한글 가사가 안 써져? 그건 분명 영어 가사는 잘 쓸 거라는 신호'라는 근거 없는 확신이 있었던 것 같다. 아무튼 그 시절에는 대체로 사고가 그런 식으로 흘러갔다.

실제로 영어 작사는 한글 작사보다 수월했고, 나는 그 결과물에 썩 만족했다. 영어는 별로 애쓰지 않아도 음에 '착' 하고 달라붙어 음악에 매끄러운 윤기를 흐르게 했다. 물론 가사의 수준과 오류, 진실성은 논외로 쳐야 할 테지만, 당시에는 근사하고 세련되게 들리는 것을 가장 중요히 여겨 다른 건 아무래도 좋았다. 의미 같은 건 저 멀리 내팽개쳐두고 오로지 소리를 잘 뽑는 데에만 치중한 것이다.

한글로 가사를 써야겠다고 마음을 고쳐먹은 건 그로부터 한참 뒤였다. 막상 무대에서 관객을 마주하고 노래를 부르다 보니(공연장 관계자들 말고는 아무도 없을 때도 있었지만) 어느 순간부터 미세한 위화감 비슷한 것이 속에 쌓여갔다. 나는 영어 가사에서 일체감을 느낄 수 없었다. 가사는 나 자신을 포함해 누구의 마음도 파고들지 못하고 내내 겉돌았다. 같은 이유로 주변에서도 가사를 한글로 다시 쓰는 게 어떻겠냐는 의견이 많았다. 동의는 했지만 그때까지도 '이거다' 싶은 한글 가사를 써내지 못하고 있던 터라 솔직히 막막한 심정이었다.

내가 쓴 영어 가사를 한참 들여다본 뒤 처음 든 생각은, '내용을 유지한 채 한글로 바꾸는 건 아무래도 어렵겠다'였다. 내가 참고할 수 있는 건 발음의 형태와 흐름뿐 그 외에는 전부 처음부터 다시 써야 했다. 나는 내용은 잊고 오로지 발음의 형태와 흐름만 참고해 한글을 한 자 한 자 연결해나갔다. 최초 되는대로 흥얼거린 발음을 먼저 영어로 구체화시킨 뒤 이를 다시 한글로 바꾼 것이다. 예를 들어 첫 데모에서 대충 '미림토'라고 흘리듯 발음한 부분이, 영어 가사에서는 '뷰리풀'이 되었다가 한글 가사에서는 '그림 속'으로 바뀌는 식이다(내용상 연관은 없지만 직접 소리내보면 세 발음이 매우 유사함을 알 수 있다). 실로 지난하고 난삽한 변환 과정이었다. 뭔가를 이해하기 위해 멀리 에둘러 가는 일도 그 시절에는 비일비재했다. 뭐 지금도 별로 달라진 것 같지는 않다만.

그런 식으로 나는 내가 만드는 음악과 발음에 맞는 한글을 하나하나 발견해나갔다. 그리고 마침내 한 편의 영어 가사를 한글 가사로 바꿀 수 있었다. 결과는 나름 성공적이었다. 미리 설계해둔 영어 발음을 기초로 삼다 보니 내가 사용하던 한글의 투박함이 현저히 줄어들었다. 처음으로 한글이 음악에 '묻어나기' 시작한 것이다.

그런데 나를 더 놀라게 한 건 완성된 가사가 내가 예상하던 것과는 전혀 다른 내용을 갖게 되었다는 것이다. 애당초 발음이 정해져 있다 보니 내가 평소 쓰던(글을 쓰거나 말을 하는) 방식대로 한글을 사용할 수가 없었는데, 그것이 되레 한글을 새로운 모습으로 바꾸어 놓은 것이다. 거기에는 이제껏 만나보지 못했던 낯선 얼굴의 화자(한글)가 있었고, 그 화자가 지닌 어조와 표현은 내 음악과 절묘하게 호응하고 있었다. 가사만 달라졌을 뿐인데 완전히 다른 음악이 되었다.

그 이후로는 굳이 가사를 먼저 영어로 쓸 필요가 없었다. 익히 알고 있던 한글의 모습 같은 건 잊어버리고, 어디까지나 음악이 요구해오는 발음들을 한 자 한 자 구체화해 나가다 보면 가사는 어느덧 완성되었다. 내가 해야 하는 일은 한글과 음악 각각을 통제하는 게 아니라 그 사이를 중재하는 것이었다. 중재는 언제나 통제보다 어렵다. 하지만 그래서 더욱 이 일이 즐겁고 보람 있다.

가장 순수한
형태의 동기

원풍경의 유용함

음악 작업을 이어나가는 데에는 여러 가지 요령이 필요하지만, 가끔은 어떤 이미지를 떠올리는 것만으로 충분할 때도 있다. 내가 사랑하는 음악의 요소들이 모두 들어간 가장 원초적인 이미지 말이다. 종종 음악을 만드는 일이 고루하고 텅 비게 느껴질 때, 이를 떠올리면 '그래, 내게 음악은 이런 거였지' 하며 마음을 다잡게 된다. 나는 이를 음악적 원(願)풍경이라 부른다.

내 경우 우선은 예쁜 운동화를 신고 있어야 한다. 되도록 하얀 면 소재에 군데군데 때가 타 있으면 좋다. 그리고 그 앞에는 형형색색의 기타 이펙터들이 놓여 있어야 한다. 무엇을 밟느냐에 따라 기타 소리는 변신한다. 청명하던 소리가 돌연 거친 포효로 바뀌기도 하고, 심히 건조하던 소리가 아스라이 변하기도 한다. 파리처럼 윙윙거리기도 하고, 활주로를 오가는 비행기 소리처럼 사그라들거나 부풀어오르기도 한다. 사실 효과야 아무래도 좋다. 내가 사랑하는 건 그 행위 자체에서 오는 느낌이다. 내가 생각하는 음악의 '기분 좋음'이 그 한 장면 안에 모두 담겨 있다.

그런데 막상 현실에서 이와 같은 경험을 하는 경우는 잘 없다. 작업이나 공연 중에는 정신없이 바빠서 그런 걸 느낄 틈도 없기 때문이다. 따라서 그 장면은 내 속에서 철저히 윤색되고 다듬어진 이미지, 말하자면 일종의 광고 같은 것이다. 하지만 그것은 그 어느 광고보다 내게 큰 효과를 발휘하고, 어느 영화보다 큰 감흥을 남긴다. 음악이란 이렇게나 멋지고 기분 좋은 거니 어서 음악을 하라고, 나를 계속해서 부추긴다.

흔히 어떤 일에 지나친 환상을 갖고 달려들다가는 실망하기 십상이라고 한다. 전적으로 동의한다. 음악 작업 역시 언뜻 멋져보이지만, 실상은 비루할 뿐이다. 굳이 비루하다고까지 말하지 않더라도 근사하지 않다는 것만은 확실하다. 음악 작업 역시 다른 모든 일들과 마찬가지로 별로 근사하지 않은 곳에서, 별로 근사하지 않은 옷을 입고, 별로 근사하지 않은 냄새를 풍겨가며 하는 인간의 일이다.

그러나 온갖 기대와 넘겨짚기로 치장된 환상과 원풍경은 엄연히 다르다고 나는 생각한다. 원풍경에는 단순히 뭔가를 바라는 마음보다 훨씬 더 근원적인 감각이 있다. 가장 순수한 형태의 동기가 담겨 있다. 시간이나 현실적 여건과는 무관히 존재하는, 오직 나 한 사람만을 위해 제작된 공익광고 같은 것이라 할 수 있다. 그것을 가슴에 품고 있는 한, 나는 빽빽한 도심 속에서도 숲속이나 초원에 와 있는 듯한 기분을 느낄 수 있다. 작고 텅 빈 방에서도 멋진 공연장이나 스튜디오에 있는 것처럼 작업할 수 있다. 어쩌면 한 가지 일을 오래 한다는 건 그러한 원풍경을 얼마나 소중히 지켜나가느냐의 문제인지도 모른다.

영감보다는
프로세스

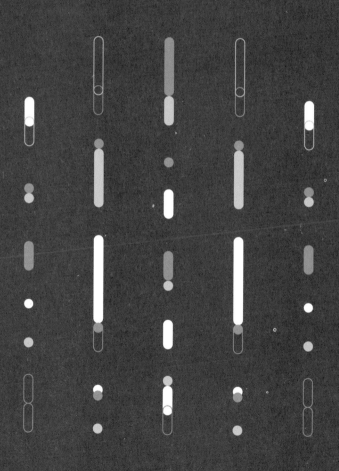

보너스만으로는
먹고살 수 없다

일과 영감

창작은 뭔가를 창의적으로 조합하고 정리해내는 일이다. 음악 작업에 뛰어든 초창기 나는 그 '뭔가'를 어디서 어떻게 얻을 수 있는지에 늘 골몰했다. 그리고 그 대목에서 가장 자주 의지하곤 했던 것이 다름 아닌 '영감'이었다. 하지만 영감이란 대개 내가 필요로 할 때 저절로 찾아와주지 않는 얄미운 구원자, 말하자면 비일상적 보너스다. 사람은 보너스만으로 먹고살 수 없다. 더구나 평소 일을 하지 않으면 그조차 나오지 않는다.

물론 가끔은 저쪽에서 영감 비슷한 게 먼저 찾아와 창작을 하게 될 때도 있다. 하지만 그런 건 창작 과정이 비교적 생소하게 느껴지는 초기에나 자주 생기는 일이지, 어느 시점이 지나면 빈도가 급격히 줄어들어 그것만 하염없이 기다리고 있을 수 없게 된다.

이같은 창작과 영감의 관계에 대해 미국의 미술가 척 클로스Chuck Close는 아주 유명한 말을 남긴 바 있다.

Inspiration is for amateurs. The rest of us just show up and get to work.

영감은 아마추어에게나 필요한 것이다. 우리는 그냥 일어나서 일을 하러 간다.

창작 경험이 쌓일수록 선명해지는 믿음 중 하나는, 창작이란 결국 '뭔가가 찾아왔기 때문에 하는 일'이 아니라 필연적으로 '뭔가를 찾아나가는 과정'이 될 수밖에 없다는 것이다. 창작은 돌발적 '해프닝'이라기보다는 지난한 '프로세스'다. 해프닝이란 저쪽에서 날아와 발생하는 것으로 내가 어찌해볼 도리가 없지만, 프로세스란 어디까지나 내 쪽에서 준비하고 가동하는 것이다. 따라서 창작을 시작하는 데 있어 가장 필요한 자질은 프로세스에 대한 최소한의 이해와, 당장 마음이 어떻든 눈앞에 무슨 일이 벌어지든 이 프로세스만 차분히 따라가면 결국 어딘가 의미 있는 장소에 다다르게 된다는 믿음이다. '일을 하러 간다'는 척 클로스의 표현은 예의 그 프로세스를 수행하러 간다는 뜻이다.

물론 그 프로세스란 사람마다 다르다. 그러나 접근 방식과 세부에만 차이가 있을 뿐 큰 흐름은 다르지 않다. 일단

은 어지럽히고 정리는 나중에 한다는 것, 그뿐이다. 지극히 간단하고 쉬워 보이지만, 창작 경험이 조금이라도 있는 사람이라면 이 간단한 프로세스를 지키는 일이 결코 쉽지 않다는 걸 잘 알 것이다. 왜냐하면 창작에 뛰어든 이의 마음은 대체로 성급해지기 쉬워서 시작부터 정리하려 들기 때문이다. 그것은 무질서를 견디기 힘들어하는 인간의 기본 성향 탓도 있겠지만, 평소 정리되지 않은 창작물을 접할 기회가 거의 없기 때문도 있다. 우리는 언제나 매끈하게 완성된 창작물만을 본다. 그 매끈함이 얼마나 거칠고 허술한 기초에서 다듬어진 것인지 알 수 없다.

따라서 창작을 시작할 때는 그간 감상자로서 품고 있던 기존 창작물들에 대한 가치 기준 따위는 되도록 깨끗이 잊는 편이 좋다. 그것들은 내 속에 무엇이 있는지 제대로 확인해보기도 전에 모든 걸 재고 판단해 결국은 아무것도 하지 못하게 만들 수 있다. 그리고 영감(혹은 그 비슷한 무엇)이 찾아올 기미가 보이지 않아도 일단 앞뒤 재지 않고 내 쪽에서 먼저 나서서 당장 떠올릴 수 있는 걸 있는 대로 끄집어내야 한다. 그것이 바로 '어지럽히기'다.

그렇게 해서 나온 것들은 대체로 근사하지 않다. 되레 한없이 깨끗했던 뭔가를 더럽히고 못된 짓을 저지른 것만 같은 불쾌한 기분이 든다. 하지만 창작에 있어 그건 지극히 자연스러운 일이다. 크던 작던 무언가를 만든다는 건 기존에 있는 뭔가를 허무는 행위이고, 그것이 가치가 있는지 없는지는 어디까지나 나중에 가서 판단할 문제다. 우선은 무엇이든 어지럽게 펼쳐봐야만 앞으로 무엇을 어떻게 해나가야 할지 알 수 있다. 왜냐하면 나도 내 안에 정확히 무엇이 있는지 모르니까. 나는 창작을 하는 이유가 바로 거기에 있다고 생각한다. '뭘 해야 할지 알기 때문에' 하는 것이 아니다. '뭘 해야 할지 알기 위해' 하는 것이다.

　　방 정리에 비유하자면, 창작이란 방에 있는 물건들이 조금이라도 흐트러질 때마다 바로 잡는 일이 아니라 방을 전과 완전히 다른 모습으로 바꾸는 일에 가깝다. 그러려면 먼저 방을 어지럽힐 줄 알아야 한다. 오랫동안 같은 자리에 있던 가구와 그 속에 든 것들을 모두 끄집어내봐야 한다. 창작자는 스스로에게 일을 만들어주어야 한다. 아무도 대신 나서서 해주지 않는다.

　　물론 어지럽힐 줄 안다고 해서 모든 게 저절로 해결되진 않는다. 정리에 필요한 구체적인 기술과 요령, 마무리와 뒷정리 등 알아야 할 것이 많다. 하지만 어떤 경우에도 어지럽힐 줄 모르면 어떤 것도 시작되지 않고, 일단 거기까지 가야 내게 부족한 것이 무엇이고 이를 어떻게 개선해나갈 수 있는지 알 수 있다. 뭔가를 만드는 역량이란 이런저런 계획이나 구상을 많이 하는 걸로는 웬만해선 나아지지 않는다. 그보다 결과물이 다소 마음에 들지 않더라도 처음부터 끝까지 한 프로세스를 마무리 지었을 때에야 비로소 유효한 한 번의 경험으로 남는다. 실질적 역량이 된다.

그러한 프로세스에 대한 흔들리지 않는 믿음이 창작자에게 필요한 첫 번째 자질이라고 생각한다. 그 믿음은 유보하는 능력에서 온다. 무엇도 확정되지 않은 중간 상태, 즉 무질서를 견딜 줄 아는 능력에서 온다. 영감은 그 어지러움 속에서 불현듯 생겨나는 연결이다. 새로운 방에 가장 먼저 도착하는 사람은 언제나 가장 먼저 어지럽힌 사람이다.

의미 있는 것은
늘 기대와 다른 모습으로 찾아온다

작은 투박함을 끌어안는 일

현실은 대체로 내 알량한 '기대'와는 다른 모습으로 찾아온다. 그리고 내가 가진 것보다는 어째 '남이 가진 것이 더 좋아 보인다'. 만약 삶이 필연적으로 품을 수밖에 없는 불행의 총량이 있다면 그 두 가지가 적어도 원인의 3분의 1 정도는 차지하지 않을까.

　　이제 막 음악가의 길을 걷기 시작한 지망생에게 주어지는 가장 크고 무거운 과제는 '자신만의 것' 즉 '오리지널리티'를 확립하는 것이다. 물론 이는 무척 어려운 일이다. 이유야 많지만, 내가 생각하기에 이 일을 가장 어렵게 만드는 건 오리지널리티라는 것 역시 늘 기대와 다르고 부족한 모습으로 찾아오기 때문이다. 창작이 지닌 최대 장점이자 최대 단점은 삶에서 일어나는 일들이 그대로 축약되어 나타난다는 것이다. 세상에는 뛰어나고 훌륭한 음악이 너무도 많아 나도 모르게 이를 기준 삼아 내 음악을 재고 판단하게 된다.

그런 까닭에 나 또한 예전에는 '내 것'을 뻔히 눈앞에 두고도 전혀 알아차리지 못하거나, 알고도 도저히 인정하고 싶지 않아 애써 못 본 척 외면해버리곤 했다. 혹자는 이를 발견하면 누구든 대번에 그것이 '내 것'이라는 사실을 알 수 있다고 하는데, 어째서인지 내 경우에는 전혀 그렇지 않았다. 나는 수차례 이를 발견하고도 무시해버리고 제자리로 돌아가기를 반복했다. 자신이 그보다 훨씬 더 멋지고 근사한 사람이길 바랐기에 도무지 그 음악이 내 것임을 인정하고 싶지 않았던 것이다. 다른 사람들 음악은 저렇게 멋지고 근사한데 대체 내 것은 왜 이리 초라하고 엉성한가. 이런 게 절대 내 것일 리 없다. 아니, 이런 건 절대 내 것이 될 수 없다. 뭔가 중요한 게 빠졌거나 잘못된 게 틀림없다.

나는 특정한 음악상(像)을 의식적으로 추구했다. 저런 게 진짜 멋지고 가치 있는 것이며 그 외에는 전부 가치가 없다고 단정 지었다. '할 수 있는 것'보다는 '하고 싶은 것' 혹은 '되고 싶은 것'에만 맹목적으로 매달렸던 것이다. 음악가치고는 결코 이르지 않은 나이에 작곡에 뛰어들어서일 수도 있다. 여기저기서 듣고 본 게 많을수록 외부 잣대와 강박이 많을 수밖에 없으니까.

지나고 보니 '내 것'을 찾는다는 건 뭔가를 덧붙이고 쌓아올리는 과정이 아니었다. 그건 오히려 추구하는 바를 끊임없이 걷어내는 과정. 스스로 세워온 잣대와 강박을 헤치고 내속에 있는 최초의 장소를 찾아내는 일에 가깝다. 내가 가치 있다고 여기는 음악들에서 가장 멋져보이는 부분을 걷고 또 걷어내는 것과 같다. 그렇게 더 이상 걷어낼 게 없는 수준까지 가면 남는 건 엉성한 골격뿐이다. 근사한 완성품 같은 건 눈을 씻고 찾아봐도 없다.

  2010년 여름, 나는 곡 하나를 두고 고민에 빠져 있었다. 늘 그랬듯 뭔가 장대하고 근사한 곡이 나와주리라 기대했으나 이번에도 막상 나온 건 그보다 훨씬 더 작고 투박한 것이었다. 그렇지만 거기에도 분명 나름의 균형이 있었고, 그때까지 내가 접해온 음악들과 여러 면에서 다르게 들렸다. 천만다행으로 그때는 그 미묘한 차이를 간신히 분간할 정도의 정신머리는 갖추고 있어서(물론 그만 한 정신머리를 갖추는 데만도 적지 않은 시간이 걸렸지만) 머뭇거린 것이다. 그 작고 투박한 곡을 받아들일 것인지, 아니면 이번에도 이를 부정하고 다시 원래대로 돌아갈 것인지 말이다. 결국 그건 '어떤 자격 또는 기준을 갖추었느냐 갖추지 못했느냐'의 문제가 아니라 '있는 걸 받아들이느냐 마느냐'의 문제였다.

  내 경험상 창작이란 우선 남들과는 다른 오직 나만의 기준을 발견한 뒤 이를 차츰 발전시켜나가는 일이다. 어떤 외부의 기준을 끌고 와 하나부터 열까지 자신을 검열하고 판단하는 일이 아니라, 내 안에 있는 기질과 정서, 균형과 기준을 발견하고 이를 기꺼이 받아들이는, 그저 나라는 인간을 있는 그대로 이해하고 받아들이는 일이다.

마침내 '내 것'이라고 부를 수 있을 만한 음악은 그 사실을 받아들이며 시작되었다. 물론 여기서 말하는 '내 것' 소위 '오리지널리티'가 무엇인지를 정확히 규명하고 설명하는 건 무척이나 어려운 일이다. 더구나 지금처럼 나를 대상으로 삼을 경우 허울 좋은 자기평가에 그칠지도 모른다. 하지만 그럼에도 지금까지 내가 겪어보고, 또 여기저기서 보아온 '오리지널리티'에 대한 간단한 정의를 감히 밝힌다면 나는 이렇게 말하고 싶다.

오리지널리티란, 겉으로 어떻게 보이느냐를 떠나 다른 무엇과 간단히 바꾸거나 대체할 수 없는 것이다. 그러니 만약 자신만의 것을 찾고 있다면 "이것이 멋진가?"라고 묻기보다는 "이것을 대체할 만한 게 있는가?"라고 물어보자. 대체할 수 없는 건 언제나 멋지니까.

조용하고
분주한 꿈

악기를 연주한다는 것에 대해

어린 시절, TV 속 기타를 연주하는 음악가의 모습은 언제나 신기해 보였다. 별거 안 하는 것 같은데 어쩜 저리도 멋진 소리가 나는 것일까. 저 악기는 대체 어떤 원리로 작동되는 것일까.

당시 내가 내린 가설은 기타의 지판이 어떤 종류의 버튼이나 터치패드로 되어 있다는 것이었다. 그렇지 않고서야 손가락으로 지판을 슬쩍 누를 때마다 그토록 선명한 소리가 날 리 없다고 생각한 것이다. 지금 돌아보면 어이가 없을 정도로 황당하고 순진한 생각이지만, 그 정도로 당시 기타 연주란 내가 아는 물리법칙을 벗어난 일로 보였다.

그로부터 한참 세월이 지난 후 나는 과거 화면 속 기타 연주자들이 하고 있던 일의 실체를 확인할 수 있었다. 말해봐야 허망할 따름이지만 당연히 버튼이나 터치패드 같은 건 없었다. 대신 얇고 넓적한 나무판자와 그 위로 6개의 가는 쇠줄이 낮게 떠 있을 뿐이었다. 원하는 음을 내기 위해서는 손가락 끝으로 쇠줄을 나무판자에 단단히 고정시키고 다른 손으로 줄을 튕겨야 했다. 그건 나무 기둥에 밧줄을 둘러치는 일과 원리적으로 조금도 달라보이지 않았다. 기타 연주란 듣는 사람에게는 어디까지나 정서적으로 받아들여지는 일이지만, 연주자에게는 지극히 물리적인 투쟁이었던 것이다.

기타 연주 역시 일종의 운동이다. 다만 크게 근육을 사용하기보다 좁은 영역에서 일어나는 섬세한 운동이다. 예를 들면 주로 쓰는 손이 아닌 그 반대 손으로 글쓰기를 연습하는 것과 비슷하다. 당연히 처음에는 힘의 방향과 세기를 조절하기 힘들다. 필요한 부위의 근육이 아직 충분히 단련되지 않았기 때문이다.

그러나 근육은 꾸준히 자극을 주면 의외로 빨리 단련되기 마련이다. 문제는 기타 연주를 위해 취해야 하는 자세가 무척이나 귀찮고 불편하다는 점이다. 발레리나나 체조 선수의 동작과 비교할 수야 없겠지만, '뭔가를 표현하기 위해 신체를 그다지 편하지 않은 상태로 몰고 간다'는 접근법 자체는 유사하다. 그럴 수밖에 없는 이유는 뭐 역시 애초에 기타라는 악기가 그렇게 생겨먹어서다. 새로운 악기를 스스로 개발하지 않는 이상 어떻게든 기타에 몸을 맞춰가는 법을 깨우칠 수밖에 없다.

필요한 근육도 충분히 생겼고 기술도 좀 늘었고 자세

도 얼마쯤 감수할 수 있게 되었다면 기타 연주를 위한 물리적인 문제는 어느 정도 해결된 것이다. 그 시점부터는 음악을 얼마만큼 섬세하게 읽어내고 이를 표현에 적용할 수 있는가 하는 '감응력'을 키우는 것이 중요해진다. 기술 수준이 똑같더라도 이 감응력에 따라 연주의 질은 천차만별로 바뀐다. 이를테면 불과 작년에 내가 한 연주를 다시 들어봐도 어김없이 부족함이 느껴진다. 기술 수준은 거의 달라지지 않았지만, 아주 미세한 터치나 음간 처리, 톤의 차이가 귀에 들어온다. 작년보다 연주에서 더 많은 걸 읽어낼 수 있게 된 것이다.

한편 감응력이란 듣는 능력이기도 하다. 따라서 이를 키우기 위해서는 다양한 음악가의 연주를 깊이 있게 듣고 되도록 많은 연주를 해보는 수밖에 없다. 이는 아무리 강조해도 지나치지 않다. 우선 연주자는 연주를 하는 동안에도 끊임없이 자신의 연주를 감상하고 그것을 연주에 반영해야 한다. 또한 아무리 빠르고 화려하게 손가락을 움직여본들 감응력이 부족하다면 듣는 이의 마음에 아무것도 남기지 못할 것이다. "뭐, 잘 치네" 하는 정도로 넘어가버리게 된다.

나는 연주의 질이란 탁월한 감응력에서부터 시작된다고 생각한다. 그것 없이는 아무리 뛰어난 기술과 지식도 텅빈 것이 되기 쉽상이다. 뛰어난 배우의 연기에는 연기 기술이 보이지 않는다. 감정만 전해질 뿐이다. 음악에서 역시 최종적으로 전달되어야 하는 것은 기술이 아니라 그것이 표현해내는 정서다.

연주란 음악에 대한 감응력을 물리 운동으로 치환시켜나가는 일이라 할 수 있다. 연주를 하는 동안에는 이 두 가지가 서로 끊임없이 맞물리며 돌아간다. 큰 톱니가 작은 톱니를, 작은 톱니가 다시 큰 톱니를 돌리며 따스히 열을 낸다. 모든 게 한 방향으로 기세 좋게 힘을 몰아가며 고요한 흥분과 긴장을 유지한다. 그건 조용하고 분주한 꿈을 꾸는 것과 비슷한 느낌이다. 그리고 그 꿈의 끝에는 어김없이 침묵이 기다리고 있다. 나는 그 침묵이 아주 오래 전부터 거기 있었다는 사실을 언제나 뒤늦게 깨닫는다.

멀미와 상흔

공연 뒤에 남는 것

공연이 끝나고 무대를 내려오면 늘 갈 곳 잃은 기분이 든다. 눈앞의 현실이 도무지 현실같지 않다. 모든 게 현실을 그대로 빼다 박은 교묘한 이미지 같다. 마땅한 촉감과 거리감이 느껴지기는 하나 평소 수준에 미치지 못한다. 그러다 보니 어디를 바라보고 뭘 만져도 어째 겉만 핥는 느낌이다. 딱히 불쾌하진 않다. 다만 안절부절못할 뿐이다.

그건 일종의 멀미다. 공연이 끝나고 무대를 내려왔는데, 몸은 여전히 무대 위에서 관객을 마주보며 악기를 연주한다고 착각하는 것이다. 요컨대 몸에게는 여전히 무대가 현실이고, 현실 세계가 꿈이라는 이야기다. 공연 내내 높은 긴장과 흥분 상태를 유지하다 보니 몸의 감각이 좀처럼 일상 수준으로 내려오질 않는 것이다. 짜릿한 여행을 끝마치고 익숙한 내 방으로 돌아와도 한동안 몸이 진정되지 않는 것과 마찬가지다. 그 결과 몸과 정신 사이에 가벼운 불일치가 생겨나게 되는데, 그게 바로 이 멀미의 원인이다.

통상적인 멀미와 달리 공연 멀미에는 뭔가를 먹고 떠드는 것이 큰 도움이 된다. 즉, 뒤풀이를 해야 한다. 뒤풀이는 아직도 멍하니 환상의 세계에 빠져 있는 몸에게 당장 처리하지 않으면 안 되는 실무적인 일을 던져주는 것과 같다. '아니, 방금 전까지만 해도 분명히 무대 위에서 공연을 하고 있었는데, 갑자기 이게 다 뭔 일이람.'

작년 언젠가 뒤늦게 이케아 매장을 방문한 적이 있다. 정해진 순서대로 차례차례 매장을 둘러본 뒤 나는 '아, 여기는 시간이 거꾸로 가는 곳이구나'라고 생각했다. 쇼룸에서 시작해 개별상품 진열을 거쳐 창고에 이르는 일련의 과정은, 창고에 있던 상품이 누군가의 방에 자리 잡기까지의 과정을 정확히 역순으로 펼쳐놓은 것이다. 그리고 그 여정 끝에 뒤풀이가 있었다. 바로 핫도그다. 그곳에서 파는 핫도그를 한입 베어 무는 순간 나는 앞서 내가 본 이미지들이 비현실이며 꿈이고 환상임을 깨달았다. 그 환상이 분명 집에서 그대로 재현되지 않을 것임을 예감했다. 실제로 구입한 걸 방에 놓아 보니 과연 사실이었다.

인간의 몸은 얼핏 뭔가에 재빠르게 적응하는 것 같아도 정작 거기서 빠져나와야 할 때는 늘 얼마간 꾸물거리는 경향이 있다. 더없이 예민하기도 하지만 의외로 둔하고 멍청한 구석이 있다고 할까(어쩐지 몸이 아니라 내 얘기를 해버린 것 같다). 그래도 몸이란(나란 사람이란) 원래 그렇게 생겨먹은 것이고 마음에 들지 않는다고 이제와 바꿔 치워버릴 수도 없는 노릇이다. 아무튼 서로가 곤란하지 않게 그때그때 나름의 요령과 기지를 발휘해 살아가는 수밖에. 그런 이유로 사정상 뒤풀이가 어려울 때는 만사가 귀찮아도 음식을 정성스럽게 만들어 먹거나 간단한 운동과 청소라도 하려고 한다. 그래야 공연 멀미가 조금이라도 가신다. 이를 해소하지 않으면 잠이 오지 않고, 그럼 당연히 다음 날이 힘들어진다.

다만 몸이 다시 제자리로 돌아와도 마음에는 후유증 같은 것이 여전히 남는다. 언뜻 만족감 같지만 조금 각도를 달리해보면 상실감 같기도 한, 어딘가 아릿하고 아련한 느낌. 물론 공연에 대한 후회도 조금은 있다. 후회를 남기지 않는 공연은 없으니까.

그건 매우 진한 감정을 남기는 영화를 감상하고 난 뒤의 기분과 닮은 구석이 있다. 마음 한 구석이 헛헛하면서도 어느 때보다도 충만하다. 전에 없던 아주 작은 공간을 내 속에서 발견한 듯한 기분이 든다. 그게 마음의 무게 중심을 미세하게 바꾸어놓은 것이다. 나는 이를 '음악이 남긴 상흔'이라 여기고 있다.

이야기를 들어보면 관객들도 나와 비슷한 기분을 느끼는 모양이다. 과연 공연이란, 음악가 혼자서 하는 게 아니다.

나만의 방식은
결점에서 생겨난다

미필적 고의에 의한 독학 인생

나는 뭐든 혼자서 공부해 알아나가는, 소위 전형적인 독학파다. 뭐든 하고자 하는 일이 생기면 그쪽 방면의 전문가를 찾아가거나 입문서를 찾아볼 생각 같은 건 일절 하지 않는다. 그냥 다짜고짜 뛰어들고 본다. '아무튼 하다 보면 다 알게 된다'는 주의다. 덕분에 무슨 일을 해도 남들보다 훨씬 더 많은 시간이 걸리지만, 실제로 하다 보면 대부분의 것들은 자연히 알게 된다. 물론 뭐든지 그렇게 주먹구구식으로 배워나가다 보니 전문용어 같은 것에 취약해 가끔 난처할 때도 있지만, 다행히 그 때문에 심각한 위기를 겪은 적은 지금까지 없다.

어쩌다 사람들에게 독학으로 음악을 배웠다고 말하면 다들 감탄하는 눈치다. 그 어려운 걸 대체 어떻게 혼자서 척척할 수 있냐는 것이다. 천재가 아니냐고 묻는 사람도 있다.

과거에는 사람들이 나보고 대단하다고 하면, 뺨이 헤실

헤실 풀어지며 '그런가 보다. 나 좀 대단한 모양이다' 하며 그만 우쭐해지곤 했다. 그 뒤부터는 내가 해온 방식이 옳다는 생각에 도취되어 '무언가를 제대로 알려면 자고로 독학을 해야 한다'고 믿고, 그것도 모자라 기회가 될 때마다 "나 독학했어"라고 아주 자랑스럽게 떠들고 다녔다. 한심한 노릇이다. 한참 뒤에야 나는 독학이라는 것 역시 내가 지닌 결점이 불러온 어쩔 수 없는 선택이었다는 걸 깨달았다. 그때부터 그에 대해 말을 아끼게 됐다.

　싱어송라이터 중에 독학자가 많은 건 사실이다. 하지만 그렇지 않은 싱어송라이터도 적지 않고, 싱어송라이터의 영역을 벗어나면 훨씬 더 많다. 따라서 뭔가를 독학으로 배워야만 제대로 알 수 있다는 건 교조적 주장에 불과하다. 배우는 방식은 배우는 사람의 기질이나 환경 등에 따라 다를 수밖에 없다. 모두가 기계처럼 똑같지 생겨먹지 않은 이상 모두에게 적용 가능한 배움의 방식이란 있을 수 없다.

　결국에는 배움의 시작을 어디서부터 해나가느냐의 차이인 듯하다. 이를테면 내 경우 아무리 정돈된 말로 뭔가를 설명해도 실제로 해보거나 이야기라는 간접 체험 방식으로 전하지 않으면 내용의 핵심이 머릿속에 입력이 되지 않는다. 입력 신호를 받아들이는 회로 자체가 다르게 생겨먹은 것이다. 코덱이 맞지 않는 자막 파일을 억지로 쑤셔넣는 거나 마찬가지다. 그래놓고 "넌 왜 말귀를 못 알아먹니"라고 다그쳐

봐야 피차 열만 오를 뿐이다. 내 학창시절은 그런 장면들의 무한 반복이었다. 그러다 보니 어느 순간부터는 일단 앞에서는 대충 넘긴 뒤 아무에게도 알리지 않고(알았다가는 제지를 당하거나 혼나게 될 테니) 조용히 내 방식대로 알아나가는 게 버릇처럼 굳어버렸다. 독학자는 그렇게 생겨나는 것이다.

하지만 만약 그와 완전히 반대로 '자, 뭐든 하고 싶은 대로 하라'는 식으로 나와버리면 나 같은 사람이야 얼씨구나 하며 쾌재를 부르겠지만, 애초부터 뭔가를 먼저 머리로 충분히 이해하고 나서 나머지 부분을 차차 채워나가는 나와 다른 부류의 사람들은 '대체 뭐 어쩌라는 거지' 하며 난감해할 것이다.

최근 들어 절감하게 된 건 나처럼 오로지 몸으로 뭔가를 배워온 사람은 언젠가는 결국 이 체감을 체계화하는 과정을 거쳐야만 한다는 사실이다. 잘 알지만 막연한 것들을 의식적으로 다루어낼 수 있는 것으로 차근차근 바꿔나가야 한다. 그리고 아마 나와 반대인 사람들은 역으로 체계적으로 배운 것을 실체화시키는 과정을 거쳐야만 할 테고. 몸이든 머리든 한쪽만 사용해서 헤쳐나갈 수 있는 시기는 의외로 빨리 지나가버리니까.

누구나 어느 정도는 타고난 기질의 덕을 본다. 그리고 어느 정도는 그로 인해 세상과 불화를 겪는다. 결국 나만의 방식이란 이 불화를 극복해나가는 과정에서 생겨난 결과물이 아닐까. 즉 애초부터 잘나서 할 수 있었던 게 아니라 못나서 할 수 있었던 건지도.

리얼리스틱하고
리얼하게

좋은 연주와 연주자란

언젠가 재즈 피아니스트 빌 에반스의 인터뷰 영상을 본 적이 있다. 당시에는 몰랐는데 이 글을 쓰기 전에 알아보니 1966년에 제작된 〈빌 에반스의 보편 지성〉이라는 다큐멘터리 일부를 편집한 클립 영상이었다. 재즈가 전혀 익숙하지 않은 사람들을 고려해 만들어진 매우 유익한 다큐멘터리로 쉽게 찾을 수 있으니 여유가 날 때 한 번쯤 보기를 강력하게 추천한다. 실질적 도움까지는 모르겠지만 적어도 손해는 보지 않을거라 생각한다.

뿌연 흑백 영상 속에서 빌 에반스는 '뛰어난 연주자가되기 위해서는 무엇이 필요한가'라는 문제를 놓고 꽤나 열성적이고 단호한 태도로 자신의 생각을 밝힌다. 이 젊고 지적인 피아노의 대가가 과연 이에 대해 뭐라고 말했을까. 궁금하지 않은가. 나는 몹시 궁금했다.

생생한 실제 경험에서 피어난 훌륭한 생각이 흔히 그렇듯, 빌 에반스의 말 역시 매우 또렷하고 알아듣기 쉬웠으며 여러 문제의 이유를 정확히 꿰뚫고 있었다. 그는 먼저 뛰어난 연주를 할 수 없는 혹은 연주 기술만 늘 뿐 실질적인 표현력은 도무지 나아지지 않은 상태의 원인을 지적하는 것으로 말문을 연다. 그 원인이란 대개 '해결해야 할 여러 작은 문제들을 하나의 큰 문제로 뭉뚱그려 해결하려는 태도'에 있다고 한다. 따라서 뛰어난 연주를 하고 싶다면 우선 커보이는 문제를 단계별로 잘게 나누어 현실적으로 차근차근 풀어나가야 한다고. 그는 이를 "리얼리스틱 realistic 한 관점과 태도"라 표현한다.

이어 그가 강조하는 점은 그렇게 잘게 나눈 문제들을 확실히 내 것으로 만든 뒤에 다음으로 넘어가라는 것이다. 어쩌다 해결된 것처럼 보여도 그 문제가 어떻게 해결될 수 있었는지 또는 왜 해결될 수 없었는지 스스로 명확히 파악하지 못하면 그것은 여전히 애매한 상태로 남아 이후에 배워나가는 모든 것을 흐리멍덩하게 만들고 말 것이라는 이야기였다. 바꿔 말해, 정확한 효과와 용도를 파악하지 못한 채 단순히 기계적으로 기술을 습득해 나가면 결국 연주자 스스로도 무엇을 연주하고 있는지 모르게 된다는 얘기. 그 대목에서 빌 에반스는 그러한 연주, 그러니까 얼핏 그럴 듯하게 들리기만 할 뿐 실제로는 '애매하고 흐리멍덩한 연주'의 예를 몸소 시연해 주기도 한다. 정말 친절하다.

불과 5분 남짓한 그 클립 영상을 보는 내내 몇 번이나 무릎을 내리치고 가슴을 쓸어내렸는지 모른다. 빌 에반스 정도의 말하자면 특수한 경지에 이른 연주자가 그런 근본 중에 근본을 진지하게 말하고 있으니 그럴 만도 했다. 그 영상을 본 뒤 나는 만약 그가 뛰어난 연주 기술을 갖고 있지 않았더라도 충분히 위대한 음악가로 남았을 거라고, 분명 그러고도 남았을 거라고 생각했다.

　　족집게 같은 설명과 친절한 시연을 통해 빌 에반스가 결론적으로 전하려는 바는 그야말로 명쾌하다. 지극히 간단한 연주라도 자신이 잘할 수 있는 건 무엇이고, 그걸로 무엇을 잘 표현할 수 있는지 스스로 명확히 파악할 수 있을 때에야 진정한 즐거움을 느낄 수 있다는 것이다. 나아가 진정한 즐거움을 느낄 수 있을 때 비로소 연주가 진솔하고 "리얼real 해질 수 있다는 것"이다. 따라서 진솔한 연주야말로 뛰어난 연주라는 것. 좋은 연주자란, 기술적 수준과는 상관없이 어디까지나 현실적인 관점으로 접근해 진솔한 연주를 들려주는 사람인 것이다.

　　스쳐 지나가는 말이긴 하나, 그 영상에서 빌 에반스는 자신이 말하고자 하는 바를 단 한 마디로 정의한다. 내가 아는 한 예술과 창작에 관한 조언은 다른 영역에서도 얼마든지 똑같이 적용될 수 있다. 실제로 이 말은 음악뿐 아니라 글쓰기에 있어서도 상당한 도움이 되었다.

Important thing is, even if it is simple, it is better to go sincerely.

중요한 건 단순하더라도 진솔하게 연주하는 편이 훨씬 낫다는 것이다.

가장 가까운
우주 체험

고독을 통해 마주하는 것

스튜디오 녹음을 할 때마다 우주에 와 있는 기분이 든다. 물론 나는 우주에 가본 적이 없다. 그러나 여태껏 접해온 우주 공간에 대한 다양한 묘사를 참고해볼 때(나는 영화든 다큐멘터리든 우주를 다루기만 했다면 뭐든 찾아볼 정도로 좋아한다), 내가 겪어본 것 중 스튜디오 녹음이야말로 그와 가장 유사한 체험이다.

스튜디오의 녹음 부스는 철저히 밀폐된 공간, 요컨대 밀실이다. 잘못 끼었다가는 몸이 으스러질 것만 같은 육중한 문이 몇 중으로 설치되어 있고, 바닥과 벽은 불필요한 반향이 생기지 않도록 특수한 소재로 만들어졌다. 형태 역시 기능을 최우선으로 추구한 나머지 뭔가 기하학적인 모양새다. 덕분에 그 안에서는 소리가 거의 울리지 않는다. 익숙한 내 발걸음 소리조차 어딘지 모르게 낯설고 불길하게 들린다.

그런 공간 한가운데에서 큼지막한 헤드폰을 낀다. 헤드폰도 일종의 밀폐된 공간이라서 실상 방 속의 방으로 들어가는 격이다. 이 헤드폰을 통해 나는 내가 하는 연주나 노래 소리를 들을 수 있다. 하지만 소리는 내가 발을 디디고 있는 바로 이곳이 아닌, 어딘가 따로 마련된 불명의 공간에서 들려오는 것 같다. 마치 몸과 귀가 분리되어 버린 듯한, 혹은 내 속에 있는 평형추가 살짝 어긋나버린 듯한 이상한 감각이다.

헤드폰을 통해서는 다른 방에서 녹음을 통제하는 엔지니어나 동료가 하는 말도 들려온다. 흔히 컨트롤 룸control room이라 부르는 그 방은 녹음 부스와 바로 붙어 있고 투명한 창이 나 있는 경우도 있어서 서로의 모습을 볼 수 있다. 그러나 보이기만 할 뿐 실제로 몸을 울리는 진동이 전혀 느껴지지 않아서 그 또한 이상하기는 매한가지다. 기분만 놓고 보면 흡사 몇 광년 정도 떨어진 곳에서 교신을 나누는 것 같다. 의사소통은 가능하지만, 아무튼 당장 만나지는 못한다. 나는 주어진 임무를 마쳐야만 거기서 나갈 수 있다.

느리게 닫히는 겹겹의 두꺼운 문들, 지상과 전혀 다른 소리의 울림들, 외부와의 유일한 소통 창구인 헤드폰, 달성해야만 하는 임무, 한정된 연료(스튜디오 사용료) 등. 녹음 부스라는 공간은 형태로 보나 심리적 단절감으로 보나 여러 매체에서 흔히 묘사되는 우주여행과 상당히 닮았다. 음악가는 그러한 심리적 압박과 예술적 추구, 그리고 경제적 제약 속에서 앨범에 실릴 연주나 노래를 만족스럽게 해내야만 한다. 조금만 상상해봐도 여간 부담스럽고 고독한 일이 아니다.

음악가와 엔지니어는 모두 그런 감정 상태를 잘 알고 있기 때문에 누군가 녹음 부스에 들어가야 할 때면 마치 오랫동안 만날 수 없는 먼 곳으로 떠나는 사람을 환송하는 것처럼 평소보다 진한 인사와 격려의 말을 주고받곤 한다. 그런 다음 뿌연 창 너머에서 어색하고 불편한 자세로 고독하게 자신의 일을 힘겹게 수행하는 한 인간을 진심으로 동정하고 응원하게 된다.

녹음이 시작되면 '지금 하는 연주나 노래가 최종본이 된다'는 사실을 인식해서인지 평소 간단하게 해내던 것도 좀처럼 잘되지 않는다. 더구나 그 시점에는 대개 감도가 좋은 마이크를 사용하기 때문에 자잘한 잡음들도 너무 선명하게 들려온다. 원래 실력의 절반도 발휘하지 못하는 것 같다. 그런 이유로 자신감이 급감하고, 때로는(솔직한 이야기로 꽤 자주) 도망쳐버리고 싶다는 생각도 든다. 하지만 그런 생각이 들면 들수록 노래와 연주는 점점 더 부자연스러워질 뿐이다. 난감한 일이 아닐 수 없다.

그러나 실력이란 녹음이 시작되기 전에 이미 정해진 것이다. 좋든 싫든 나는 그 사실과 상황을 받아들여야만 한다. 어쩔 수 없다. 어차피 이걸 해내지 못하면 나는 여기서 나가지 못한다. 설령 나가더라도 완전히 밖으로 나왔다는 기분이 들지 않을 게 분명하다. 그리고 무엇보다 나를 대신해 이 일을 해줄 사람은 없다. 평정심은 바로 그 순간에 찾아온다. 돌아보면 언제나 거기까지가 힘들다. 물론 경험을 여러 번 쌓다 보면 필요한 순간에 빠르게 자신을 그런 상태로 끌어올리게 되지만 그렇다고 그 묵직한 두려움과 고독감이 사라지는 건 아니다. 이를 정면으로 마주하는 것만이 일을 끝낼 수 있는 유일한 방법이라는 사실을 알게 되었을 뿐이다.

그렇게 녹음을 마친 뒤 헤드폰을 벗고 녹음 부스 밖으로 나오면 세상이 얼마간 달라 보인다. 나 자신도 얼마간 달라진 기분이다. 그건 기분 탓만은 아니다. 실제로 녹음을 마치고 나온 사람을 보면 컨트롤 룸에 들어갔을 때와는 표정도 자세도 완전히 달라져 있다는 걸 알 수 있다. 그 공간에서 어떤 중요한 일이 일어났고, 그게 그 사람을 얼마쯤 바꿔놓은 것이다.

영화 〈위플래쉬〉와 〈라라랜드〉로 유명한 데미언 셔젤 감독의 2018년 작 〈퍼스트맨〉에서 주인공 닐 암스트롱은 처음으로 발을 디딘 달 위에서 고독감을 느낀다. 말하자면 그에게는 달이라는 장소가 밀실이 되었던 셈이다. 그는 그곳에서 자신이 품은 상처가 형상화된 듯 깊게 패인 분화구를 마주하고, 그 안에 뭔가를 던져 넣는다. 지구로 돌아온 그는 이전과는 얼마간 다른 사람이 되어 있다. 삶을 황폐하게 만든 아픈 과거를 우주가 안겨준 고독을 통해 마주하고, 마침내 이를 놓아줌으로써 다음 단계로 나아간 것이다.

　　그에 비할 바는 못 되지만, 스튜디오 녹음에도 비슷한 면이 있다. 그 또한 어떤 의미에서는 마주하고 싶지 않은 사실을 마주하고, 거기에 뭔가를 던져두고 나오는 일이니 말이다. 그게 사람을 얼마간 바꿔놓는 건지도…. 정말 그런 건지도 모른다.

오해도
가끔은 도움이 된다

엉뚱하게 시작되는 작업

본격적인 음악 작업 시간을 제외하고 기타를 연주하기 가장 좋은 시간은 영상을 볼 때다. 이미 본 영화도 좋고, 다큐멘터리도 좋고, 뉴스도 좋다. 멍하니 영상을 보며 손으로 악기 여기저기를 짚다 보면 시간 가는 줄 모른다. 뉴스 시그널 같은 음악을 따라 연주해보기도 하고, 음악이 없는 화면에 어울릴 법한 연주나 엉뚱한 연주를 넣어보기도 한다. 그렇게 영상과 연주가 만났다 흩어지며 나른하게 시간이 흘러간다. 이른 저녁 내 방의 흔한 풍경이다.

가끔은 그렇게 곡을 쓰게 될 때도 있다. 아마 특별한 강박이 없어서 그런 것일 터다. 영상에서 희미하게 들리는 음악에서 뭔가 좋은 아이디어가 떠올라 난데없이 작업이 벌어지는 경우도 있다. 작업을 대충 마친 후 혹시 표절이 아닌가 싶어 해당 노래를 찾아서 자세히 들어보면, 거의 대부분이 내가 느낀 정서의 음악이 아니다. 아니, 이런 음악이 대체 왜 그렇게 들린 거지 싶다.

이유는, 영상에서 나오는 대사와 효과음 그리고 주변의 소음이 뒤섞여 음악을 원래와는 다른 형태로 흐트러뜨렸기 때문이다. 음악 작업을 오래 하다 보면, 귀가 예민해지고 음 패턴에 대한 인식도 빨라지는데, 그렇게 다른 소음들 속에서 소리가 뭉그러졌을 때도 내 귀는 거기서 (엉터리) 패턴을 읽는 것이다. 그렇게 오해와 착각이 작업으로 이어지는 경우가 왕왕 있다.

한때 샤워를 하며 음악을 들을 때도 그런 일이 자주 있었다. 쏟아지는 물소리가 음악의 패턴을 흐트러뜨려 늘 듣던 익숙한 음악을 낯설게 바뀌놓는다. 아니 이 멋진 음악은 대체 뭐지. 샤워기를 잠그고 나서야 속았다는 걸 깨닫는다. 에이 뭐야, 이 노래였어. 그리고 다시 물을 틀며 그냥 무슨 노래인지 모른 채로 있었던 게 더 좋았을 뻔했다고 생각한다.

그런가 하면 외국어 가사를 잘못 듣고 멋대로 해석하곤 정말 멋진 가사라며 감명받을 때도 있다. 애초에 존재하지 않는 것에 대한 감명이다. 그래서인지 나는 딱히 해가 되지 않는다면 오해 또는 착각을 되도록 그대로 내버려두려 한다. 유심히 듣고 이해하는 것도 물론 중요하지만, 대충 흘려듣고 마음대로 생각하는 편이 오히려 도움이 되는 경우도 많다. 따지고 보면 예술이라는 것도 일면 오해 또는 착각으로 이루어지는 일이니까. 어쩌면 인간 관계도….

2부 ∘ 영감보다는 프로세스

애초에
경쟁은 없다

음악 경연의 날들을 지나오며

음악 경연은 신인 음악가가 자신의 존재와 음악을 알리기에
더없이 좋은 자리다. 물론 아무리 신인이라 할지라도 평가의
대상이 된다는 건 그리 유쾌한 일은 아니다. 음악가라면 누구
나 자신의 음악 세계에서만큼은 우두머리이기 때문이다. 게
다가 어떤 음악이 지닌 가치와 가능성이란 한 자리에서 간단
히 우열을 가릴 수 있는 것이 아니다. 100명의 마음을 울린
음악이 한 명의 마음을 울린 음악보다 백 배 우월하다고 쉽
게 말해버릴 수 없듯이 말이다. 얼마나 많은 사람들이 호응하
든 음악이란 기본적으로 작품과 감상자 사이에서 '일 대 일'
로 일어나는 일이다. 어느 한 쪽이 다른 한 쪽보다 뛰어난지 객
관적으로 가려내는 건 극도로 어렵거나 실상 불가능하다.

　　　가령 스포츠라면 이야기가 다르다. 스포츠에는 엄격
히 정해진 규칙이 있고 이를 기준 삼아 한 자리에서 어떻게든

승부를 가려낼 수 있다. 서로 마주보고 각자의 기량을 직접적으로 맞대어 볼 수 있다. 결과에 승복하든 승복하지 않든 거기에는 객관적인 기록과 수치가 남고 그것이 그대로 승부를 결정 짓는다. 때로는 오심이 끼어들어 승부를 바꿔놓기도 하지만, 그럼에도 기본적으로 공정함이 유지된다. 나는 그것이야말로 스포츠가 갖는 아름다움이자 위대함이라고 생각한다.

음악 경연에서는 스포츠 경기처럼 실상 뚜렷하게 맞대어 볼 수 있는 게 별로 없다. 애초에 기준부터가 모호하다. 그러다 보니 음악가로서는 자신이 대체 무엇을 두고 경쟁하고 있는지, 자신이 지닌 기량이 어느 정도이고, 그것이 어떻게 평가되고 있는지 명확히 알 도리가 없다. 누구나 음악에 대해 조금씩 다른 기준을 갖고 있기 때문이다. 경연이란 근본적으로 우리가 익히 알고 있는 '경쟁'에는 부합하지 않는 자리인 것이다.

그럼에도 음악 경연 프로그램(정확하게는 몇몇 TV 오디션)들은 이것이 '경쟁'이며 '서바이벌'이라는 사실을 극단적으로 부각시키곤 한다. 물론 자신의 음악을 알릴 방법과 기회가 부족한 음악가들을 소개한다는 취지 자체는 훌륭하다. 다만 그 취지를 실현하기 위해서는 되도록 많은 사람의 관심을 끌 필요가 있다. 그러다 보니 불가피하게 누구나 알 만한 유명한 곡을 부르게 하고, 창의성보다는 기교적 측면에 초점을 맞추도록 한다. 대다수의 흥미를 돋우기 좋은 '경쟁과 서바이

벌'이라는 극적 장치를 도입할 수밖에 없게 되는 것이다.

문제는 그것들이 단순히 극적 장치로만 받아들여지지 않는다는 데 있다. 취지야 어떻든 경연이란 결국 어떤 기준을 정해두고 그것을 종용하는 모양새라 일종의 가치 판단으로 비쳐지기 쉽다. 경연을 지켜보는 사람들에게 '아, 이 음악은 저 음악보다 가치가 떨어지는 것이구나'라고 생각하게끔 유도할 가능성이 높다는 이야기다. 물론 보는 입장에서야 그 편이 재미있을 테지만, 자신도 모르는 사이 편견을 갖게 된다면 그 재미의 대가란 매우 크다고 할 수밖에 없다.

경연에 참가하는 음악가들 또한 이로부터 자유로울 수 없다. 머리로는 '이건 경쟁이 아니야'라고 생각할지 몰라도 일단 경연 속에 놓이는 순간 그런 생각은 깨끗이 사라져버리고 만다. 없는 상대를 만들어서라도 또는 애꿎은 상대를 지목해서라도 경쟁심을 불태우게 된다. 그리하여 좋은 결과를 얻으면 자신이 남들보다 우월해서 그런 것이라 생각하고 결과가 좋지 않으면 자신이 남들보다 열등해서 그런 것이라 여기게 되기 쉽다. 혹은 세상이 지독히 우둔한 관계로 아직 자신의 진면목을 몰라준다고 생각하거나.

물론 음악가라면 어느 정도는 다른 음악가들을 은근히 견제하고 경쟁심을 품기 마련이다. 나이대가 비슷하거나 음악 장르가 유사하다면 더더욱 그럴 수밖에 없다. 다만 음악이란 애초부터 객관적으로 승부를 가르기가 불가능한 일이라 그 경쟁심 역시 어떤 식으로 증명되지는 못한다. 결국 음악가는 자신만의 음악적 기준으로 다시 돌아와야만 한다. 그러나 경연에서는 그 경쟁심이라는 것이 많은 사람들이 지켜보는 앞에서 구체적인 형태를 지닌 결과로 드러난다. 그러다 보니 외부의 시선과 기준에 자신을 맞추어야 하는 건 아닐까 하는 유혹을 떨쳐내기가 어렵다.

내내 부정적으로 들릴 만한 이야기만 늘어놓은 터라 혹시 오해가 생길지도 몰라 덧붙이는데 나는 여기서 딱히 경연이나 경쟁심 자체를 부정하려는 게 아니다. 어디까지나 형식적으로만 그런 모습을 하고 있을 뿐 각각의 음악을 있는 그대로 존중해주는 경연도 예전부터 있어왔다. 최근 들어서는 TV오디션에서도 경쟁 위주의 틀에서 벗어나려는 시도가 보이는 듯해 반가운 마음이 든다.

아울러 비단 음악이 아니더라도 분명 경쟁을 통해야만 발전할 수 있는 시기라는 게 누구에게나 있기 마련이다. 물론 모든 일이 그렇듯 거기 완전히 먹혀들어버리면 골치 아파지지만, 그 현상을 적절히 잘 이용하는 건 아주 지혜로운 일이다. 나 역시 활동 초기 분명 경연의 수혜를 적잖이 입었고(물론 폐해도 입었지만), 지금도 그 시기의 경험을 소중히 간직하고 있다.

다만 외부에서 촉발된 경쟁심이 주는 긍정적 효과는 대개 한시적이다. 그건 한정된 외부 자원을 연료로 삼는 일과 같다. 한때라면 몰라도 그와 같은 태도를 계속해서 관철하고 강화해나가다가는 얼마 안 가 막다른 길 아니면 낭떠러지에 다다르고 만다. 세상 모든 일이 경쟁이 되고 모든 이들이 경쟁자가 되어버린다. 불멸의 신체와 재능을 타고나지 않고서야 이를 지속시키기란 불가능하다. 삶이 속부터 망가지고 만다. 무엇보다 다른 이들과의 비교를 통해서라야 나 자신의 가치를 확인할 수 있다는 건 어떤 의미에서는 슬프고 애잔한 일이다.

따라서 경쟁심은 외부 자원이 아닌 나 자신의 내면을 연료로 삼는, 말하자면 '자가 재생 에너지'로의 전환이 필요하다. 누구나 어느 시점부터는 남들과는 무관하게 내가 하는 일이 지닌 본래 가치를 마주하고 이를 있는 그대로 받아들일 수 있어야 한다. 경쟁해야 하는 상대가 있다면 그건 바로 과거의 나여야 한다는 뻔하디 뻔한 말을 그저 말이 아닌 생생한 체감으로 가슴에 새기는 것이다. '남들보다 더'가 아니라 '어제보다 더'라고 되뇌는 것이다.

음악은 스포츠가 아니다. 적자생존의 서바이벌도 아니다. 제각기 세계관을 넓혀가며 경험과 이야기를 쌓아나가는 롤플레잉이다. 경연이란 잠깐 스치듯 만나는 자리일 뿐이다. 우리는 결국 각자의 자리, 각자의 무대, 각자의 방에서 오직 자기 자신과 마주해야 한다. 그러니 부디 서바이벌이라고 쓰인 무대 위에서도 그것이 롤플레잉이라는 사실을 잊지 말기를.

3부

오래
해나가는 마음

오래
해나가는 마음

그렇게 간단히 외로워지지 않는다

마포구 연남동 북쪽 끝자락에는 내가 애정하는 카페가 있다. 얼마 전 집을 이사한 관계로 예전만큼 자주 찾지는 못하지만, 가까이 살았던 7년간 나는 수없이 그곳을 드나들었다. 이유는 물론 커피 맛이 좋아서지만, 사실 별 이유 없이 들리는 경우도 허다했다. 날씨와 기분에 따라 차갑거나 뜨거운 커피를 마시며 카페 식구들과 도란도란 이야기를 나누던 시간은 당시 내게 소중한 기쁨이었다. 이제는 매일 찾아갈 여건이 되지 않아 가끔 들릴 때마다 원두를 잔뜩 구입해온다. 집으로 돌아오는 지하철, 부둥켜안은 유리병 틈으로 새어나온 신선한 커피향이 코끝을 간질이면 나도 모르게 싱글벙글 웃음 짓게 된다. 나는 지금도 매일 아침 그곳 커피를 마신다.

그 카페 외관은 세련과 거리가 멀다. 근래 생겨나는 세련되고 근사한 분위기의 다른 카페들과 비교하면 그런 인상은 더욱 공고해진다. 대신 거기에는 그곳만의 확고한 기조라고 할까. 특수한 공기가 있다. 어떤 경우에도 눈치 보지 않는 조용한 자기 확신이 있다. 그래서 카페 안으로 발을 딛고 들어서는 순간 여느 카페와는 뭔가 다른 느낌이 든다.

그 기조는 커피 맛에서 더욱 여실히 드러난다. 커피에도 분명 트렌드라는 게 있을 터인데, 그곳의 커피는 그러한 흐름에서 상당 부분 비껴나 있다. 그 차이란 매우 크고 확연해 한 모금만 마셔봐도 누구나 알 수 있다. 그냥 커피일 뿐인데 어쩐지 세상의 흐름이나 유행 같은 건 아랑곳하지 않고 말없이 뚜벅뚜벅 제 갈 길을 가는 사람의 뒷모습이 떠오른다. 다만 그게 높은 매출로 직결되지 않는다는 건 매우 유감스러운 일이지만(말할 필요도 없이 그건 나보다 사장님 쪽이 훨씬 더 그렇겠지만).

그럼에도 그곳은 2008년부터 지금까지 변함없는 모습과 분위기와 맛을 유지해오고 있다. 어떤 조직에도 속하지 않고 한 가지 일을 십수 년간 변함없이 한다는 건 결코 만만한 일이 아니다. 엄청난 일까지는 아니어도 분명 하나의 큰 성취라 할 수 있다. 그리고 이 글을 쓰면서 막 깨달은 사실이 하나 있는데, 우연찮게도 내가 진지하게 음악을 만들기 시작한 시점도 2008년쯤이었다. 나이 차가 적지 않은 사장님에게 묘한 정감을 느꼈던 건 그런 이유 때문이었는지도 모르겠다.

그곳에서 내린 수백 잔의 커피를 마시며 많은 이야기

를 나누었다. 이따금 진지한 이야기도 나누었지만 대부분은 쓸데없는 이야기들이었다. 하지만 그 와중에 우리는 각자 소중히 여기는 커피와 음악이라는 세계와 그 세계를 대하는 태도를 엿볼 수 있었다. 비록 전혀 다른 영역에서 전혀 다른 일을 하고 있지만, 이를 유지해나가는 태도만큼은 무척이나 닮아 있다는 걸 서로 확인하고 공유할 수 있었다. 나같이 지극히 개인적인 인간에게도 그러한 유대감은 반드시 필요하다. 그것은 어떤 일을 오래 해나가는 데 있어 더없이 귀중한 자산이 된다. 큰 힘이 된다.

내가 아는 한 어떤 일을 포기하지 않고 묵묵히 오래 해나가는 사람의 마음은 결코 화려하거나 요란하지 않다. 그건 이를테면 매일 아침마다 꼭 한 잔씩 내려마시는 커피처럼 더없이 수수하고 자연스럽고 당연하다는 듯 존재한다. 거기에는 늘 특유의 시시콜콜함이 있고, 담백함이 있고, 애써 멋 부리지 않음이 있다. 과욕을 부리지 않으며, 무엇보다 변명이나 불평을 늘어놓지 않는다. 그저 스스로 추구하는 바를 믿고 거기에 맞춰 조용히 존재할 뿐이다.

나는 음악과 창작을 되도록 오래 해나가고 싶다. 그리고 그 과정에서 무언가를 오래 해나가는 사람들을 오래오래 바라보고 싶다. 언제까지나 그들을 응원하고 싶다. 그게 나 자신을 향한 응원이기도 하다는 걸 이제는 잘 알기 때문이다. 우리는 그렇게 각기 다른 장소에서 각기 다른 일을 하며 하나의 큰마음을 그려나가고 있다. 이를 아는 한 우리는 그리 쉽게 포기해버리지 않는다. 그렇게 간단히 외로워지지 않는다.

창작의 말과
글에 대해

사례로써의 방법론

창작자의 말이나 글을 찾아보기 좋아한다. 창작이라는 공통된 가치를 관철하고 발전해나가는 다른 존재를 확인하는 것으로 자기 확신과 위안을 얻고 싶기 때문이다. 최전선에서 지리멸렬한 전투를 이어가고 있던 중, 후방 또는 다른 전장에 있는 막강한 동맹군의 존재를 확인한 기분이랄까. 덕분에 찌뿌둥하고 답답했던 마음이 잠시나마 상쾌해진다. 그렇다면 나도, 하며 다시금 전의를 불태우게 된다.

그런데 다른 창작자의 말이나 글이 항상 도움이 되기만 하는 건 아니다. 물론 창작에는 영역에 관계없이 공유 가능한 몇몇 핵심이 분명 존재하고, 이를 유연히 잘 받아들일 수 있다면 실제로 큰 도움이 되기도 한다. 다만 그 말과 글의 주체인 창작자는 대개 그 일을 무수히 반복해온 숙련자들이다. 그들은 초심자들이 차근차근 밟아야 하는 몇 개의 단계를 하나로 묶어버리기도 하고, 때로는 통상적인 순서를 완전히 무시하기도 한다. 심지어 스스로도 모르게 작업 과정을 지나치게 극적으로 미화하거나 부풀리는 경우도 적지 않다. 따라서 그런 이야기들을 무분별하게 아무런 여과나 고찰 없이 곧이곧대로 받아들여버리면 멀쩡하던 작업 방식마저 망쳐버리는 일이 발생할 수 있다.

나는 주로 나와 다른 영역에서 활동하는 창작자의 태도나 방법론에 늘 더 많은 관심이 가고 감명도 더 크게 받는 편이다. 몇 년 전 우연히 봉준호 감독의 작업 방식을 접한 적이 있다. 잘 알려져 있다시피 봉준호 감독은 본 촬영에 들어가기에 앞서 실상 영화가 이미 결정되었다고 말해도 무방할 정도로 사전에 모든 걸 꼼꼼히 계획하기로 유명하다. 그 이야기를 접한 뒤 나는 '그렇구나, 역시 창작은 얼핏 우연처럼 보여도 알고 보면 철저한 계획 아래 진행되어야 하는 것이구나' 하며 이를 내 작업에 그대로 적용시켜버렸다. 결과는 좋지 않았다. 하지만 당시 나는 봉준호 감독은 분명 뛰어난 창작자이고 나보다 경험도 많으니 그가 틀릴 리 없다고 생각했다. 문제의 원인을 애초에 나와 맞지 않았던 방법론에서 찾기보다 자신의 부족으로 돌린 것이다. 역시 나는 안 되는 건가. 지금까지 그냥 운이 좋았던 거였나 하고 말이다. 그렇게 나는 한동안 침체기를 겪었다.

침체기에서 슬슬 회복되어갈 무렵, 이번에는 고레에다

히로카즈 감독의 작업 방식을 접하고 말았다. 그는 종종 장소와 인물만 대략 정해두고 현장에서 그때그때 대사와 상황을 결정할 정도로 느슨하고 즉흥적인 작업 방식으로 유명하다. 봉준호 감독과는 완전히 정반대, 극과 극인 셈이다. 앞선 방식에서 좋은 결과를 얻을 수 없었던 나는 '그래, 이 방식이야말로 나와 잘 맞을 거야(이전 방식은 안 맞았으니까)'라고 생각하며 그걸 또 그대로 내 작업에 적용했다. 나는 다시 침체기를 맞게 되었다. 세부만 조금씩 다를 뿐, 이와 비슷한 일은 이전에도 수없이 일어났다. 하나하나 다 열거할 수 없을 정도다.

그런 과정을 수차례 겪은 후, 내가 마침내 맞닥뜨린 사실은 내게 맞는 작업 방식이란 딱히 정해져 있지 않다는 것이다. 실제로 그동안 내가 해온 작업 과정을 가만히 돌아보면, 나는 때로는 이 방식, 때로는 저 방식으로 작업했고, 심지어는 한 작업을 하는 동안에도 여러 방식을 오갔다. 누군가의 작업 방식이란 엄밀히 고정된 것이 아니다. 그 주체가 지닌 기질과 만들고자 하는 것이 지닌 목적과 성격에 따라 얼마든지 바뀔 수 있다. 나는 이미 오래 전부터 여러 방식으로 유연하게 작업해오고 있었음에도 굳이 뒤늦게 이성적으로 수긍할 수 있는—말하자면 논리적으로 똑하고 떨어지는—작업 방식을 지침으로 삼으려 애쓴 것이다. 지금에 와 냉정히 판단하자면, 당시 나는 작업 부진과 의욕 상실을 작업 방식의 문제로 돌리고 있었다.

창작자의 작업 방식은 출신과 환경, 기질, 재능의 양과 성격 등 복잡하기 이를 데 없는 요소들의 총합이다. 특정한 작업 방식이 가능해질 수 있는 건 이를 실행하는 인간이 지닌 더없이 복잡하고 개인적인 요건들이 그를 효과적으로 떠받치고 있기 때문인 것이다. 육안으로 확인할 순 없지만, 나는 그 '떠받침'이 임기응변에 임기응변을 더하고, 거기에 또 임기응변이 더해진 무척 아슬아슬한 형태이지 않을까 짐작한다. 흡사 나뭇가지 몇 개를 기대 세운 틀 위에 온갖 자재들을 받치고 쌓아올린 움집에 가까운 모습이랄까. 이를 있는 그대로 똑같이 재현하는 건 당연히 불가능하다. 너무도 많은 우연이 혼재되어 있기 때문이다.

그러니 창작자의 말과 글을 접할 때는 그것이 어디까지나 '불완전한 하나의 사례'에 지나지 않는다는 사실을 똑똑히 인지해둘 필요가 있다. 사례는 사례일 뿐 지침이 될 수는 없다. 만약 그 사례들을 지침 삼아 '이것이 맞다. 따라서 저것은 틀린 것이다'라는 생각이 머릿속에 들어앉는 순간, 창작의 막다른 골목은 더욱 빨리, 어느 때보다 확실하게 다가올 것이다. 널리 알려진 말과 글은 유용한 진실을 찾는 도구일 뿐 그 자체로 정답은 아니다.

어쩌다 보니 이번 글은 이 책에 대한 경고성 글이 되어버렸다.

품 안에
쏙 들어오는 날들

내가 필요로 했던 생활

음악가로 데뷔하기 전 파견 영업사원으로 일한 적이 있다. 소위 말하는 세일즈맨이었다. 그 전에는 대형 서점에서 도서 진열 및 정리와 안내 일을 했다. 비록 파트타임이었지만 서점에서 꼭 일해보고 싶었기 때문에 일 자체는 즐거웠다. 특히 읽고 싶은 책을 할인가로 구입할 수 있어서 좋았다. 그러나 역시 급여가 너무 적었다. 월세와 생활비를 제하고 나면 남는 게 거의 없었다. 그 일로는 당시 살던 원룸에서 영영 벗어나지 못할 것 같았다. 어떻게든 생활수준이 나아져야만 음악에도 집중할 수 있을 것 같았다. 그래서 성과급 이야기에 혹해 난데없이 세일즈맨이 되었다. 서울 생활 1년 차의 일이다.

　회사에서 제공하는 세일즈 교육 과정을 이수하고 곧바로 현장에 투입됐다. 근무 복장은 정장 차림에 구두였다. 처음에는 몹시 어색했지만 의외로 금세 익숙해졌다. 나는 여느 신출내기들처럼 매우 의욕적으로 영업에 뛰어들었다. 신입치고는 그런대로 실적을 올렸고 나름 재미와 성취감도 느꼈다. 물론 음악 작업에 들이는 시간이 대폭 줄었지만, 당장은 재정 상태를 나아지게 하는 게 우선이니 어쩔 수 없다고 생각했다.

하지만 아무리 시간이 지나도 재정 상태는 나아지지 않았다. 어찌된 게 분명 이전보다 돈을 더 많이 벌고 있는데 정작 모이는 게 없었다. 가만 보니 나는 회사 눈치와 실적에 대한 강박에서 오는 스트레스를 교묘히 소비 행위로 풀고 있었다. 게다가 언제부턴가 시간이 나더라도 음악 작업은 내팽개쳐 두고 일과 관련된 자료를 만들거나 어떻게 하면 실적을 더 올릴 수 있을지만 궁리했다. 어쨌든 성과를 올리면 그만한 대가가 주어지고 회사의 대우도 달라지다 보니 나도 모르게 거기 집착하게 된 것이다. 머리로는 회사에 아무런 애정이나 믿음이 없다고 생각했지만, 실제로는 거기에 상당 부분 의존하고, 그것도 모자라 회사 입장에서 사고하고 행동하고 있었다.

처음 그 사실을 인지했을 때 '회사란 이런 곳이었구나' 하고 생각했다. 하지만 그건 그다지 새로운 사실이 아니었다. 회사가 그런 곳이라는 것쯤은 익히 들어 잘 알고 있었다. 나만은 회사를 다녀도 그렇게 되지 않을 거라고 믿고 있었을 뿐이었다. 결국 내가 깨달은 건 '회사가 그런 곳'이라는 사실이 아니라 '나는 그런 사람이었구나'라는 사실이었다. 돌아보면 확실히 그랬다. 나는 마음에 드는 일이든 그다지 마음에 들지 않는 일이든 일단 눈앞에 닥치면 거기 맹렬히 빠져드는 사람이다. 주어진 환경과 상황에 철저히 적응해나가는 사람이다. 머리로 어떻게 생각하는지는 별로 중요하지 않다. 처음부터 내가 해야 할 일은 나에게 맞는 음악 작업 환경과 상황을 만드는 것이었다. 당장 형편을 나아지게 할 요량으로 몸집을 불려봤자 욕구만 끊임없이 늘어나 악순환에 빠질 뿐이다. 생활을 지극히 실무적이고 경제적인 사이즈로 줄일 필요가 있었다.

결국은 회사를 그만두고 집과 가까운 편의점에서 오전 아르바이트를 시작했다. 물론 급여는 서점에서 일할 때보다 훨씬 빠듯했지만, 대신 시간과 에너지를 마음껏 사용할 수 있었다. 나는 그 대부분을 음악 작업에 배정하고 하루하루를 채워나갔다. 경제 여건이 좋지 않아도 생활이 작고 단순해지니 주변 모든 것들이 품 안에 쏙 하고 들어오는 기분이었다. 적어도 내가 어쩔 수 없고 감당하지 못할 일은 생기지 않았다. 어느 때보다도 마음이 편안했다. 그렇게 매일매일 꼬박꼬박 작업을 하다 보니 노래가 하나둘 쌓여갔다. 최소한의 필요로만 구성된 단순한 생활과 반복성의 힘이었다. 나는 스스로에게 너는 틀리지 않았다고. 그래, 이렇게 해나가면 되지 않느냐고 되뇌었다.

데뷔 후에도 일을 완전히 그만두지는 못했다. 그래도 일단 거기까지 가는 건 성공했으니 당분간은 생활을 그대로 유지하며 분위기를 보는 게 좋을 것 같았다. 한 발 더 나아가도 좋을지 어떨지를 말이다. 어느 정도 예상은 했지만, 음악 활동은 확실히 변화가 잦았다. 참가 가능한 경연에도 모조리 지원하면서 공연도 이어가야 했다. 당연히 연습도 해야 했다. 음악 활동과 일을 병행하려니 늘 시간이 모자랐고 자연히 생활 패턴은 흐트러졌다. 물론 그럼에도 즐거웠고 그럴 수밖에 없는 중요한 시기이기도 했다.

주위를 둘러보면 의외로 직장 생활을 병행하며 활동하는 음악가들이 많았다. 그들의 이야기를 듣고 있자니 또 생각이 많아졌다. 내가 이미 선택했고 또 앞으로 선택하려는 바가 과연 옳은 것인가 하는 의문이 들었다. 하루는 마음이 이쪽으로 기울었다 하루는 저쪽으로 기울었다.

그런 생활을 이어가던 2014년 겨울, 나는 일을 완전히 그만두기로 했다. 남들이야 어떻든 나는 내 방식을 믿고 그대로 밀어붙여볼 작정이었다. 딱히 믿을 구석이 있어서 내린 결정은 아니었다. 일단 먼저 그렇게 해두어야만 음악과 상관없는 일에서 벗어날 수 있을 거라는 확신이 들었기 때문이다. 일을 아예 하지 않는 건 불가능하더라도 그 일의 종류만은 내가 원하는 방향으로 선택하고 싶었다. 그러기 위해서는 역시 일을 그만두는 게 맞았다. 결국은 그 또한 내가 나 자신에게 만들어준 환경과 상황이었다. '자, 어떻게든 한 번 해 봐' 하는 지시이자 '아마 이젠 이 정도도 거뜬할 거야'라는 격려였다.

그로부터 수년이 지난 지금, 운 좋게도 나는 되도록 하고 싶은 일만 요리조리 찾아하며 살고 있다. 보다시피 대단히 성공하지는 못했다. 그러나 꼭 성공할 필요도 없고 아직 인생이 한참은 남았으니 무슨 일이 일어날지는 아무도 알 수 없다. 나는 아직 하고 싶은 일들이 많고, 느리더라도 내 나름 그것들을 하나하나 해나가고 있다. 이 이상 무엇을 더 바랄 수 있을까. 물론 바랄 것이야 찾으면 끝도 없이 나오겠지만, 애당초 하고 싶은 일이 없다면 그것들이 다 무슨 소용일까. 그런 생각을 하면 역시 바라면서도 바라지 않는 마음이 된다.

내 생활은 기본적으로 고정되어 있지 않다. 그때그때 하는 일에 따라 바뀐다. 하지만 가장 의미 있는 작업을 해야 할 때면 역시 작고 단순한 생활로 돌아간다. 그리고 같은 날들을 반복한다. 요즘도 정확히 그런 날들의 반복이다. 품 안에 쏙 하고 들어오는 날들.

창작과
달리기의 관계

다시, 몸으로 깨닫기

창작자는 대개 프리랜서가 많다. 일의 주기가 불규칙하고 내용에도 변화가 잦다. 내내 축 늘어져 있다가도 돌연 눈코 뜰 새 없이 바빠지고, 지극히 감정적이 되었다가도 어느 시점부터는 이성적이지 않으면 안 된다. 오로지 자신만 믿고 밀어붙어야 할 때가 있는가 하면 타인을 믿고 협력해야 할 때도 있다. 그러다 보니 매 순간 발휘해야 하는 능력의 부위도 제각각이다. 따라서 창작자에게는 때에 따라 '전환'을 얼마만큼 잘 해내느냐가 늘 중요한 과제이자 자질이 된다. 운동으로 치면 몇 가지 종목이 결합된 철인경기와 비슷한 면이 있을지도 모르겠다.

철인경기 정도는 아니지만 대략 십여 년 전부터 달리기를 해왔다. 사정이나 여건에 따라 가끔 중단할 때도 있지만 어쨌든 한 번 시작하면 최소 반년은 꾸준히 달린다. 하필 달리기인 이유는 혼자서도 가장 손쉽고 가볍게 할 수 있는 운동이어서다. 마음만 먹으면 한밤중이라도 달릴 수 있고, 편한 차림에 운동화만 있어도 얼마든지 가능하다. 나처럼 간편한 걸 선호하고 어디에 얽매이는 걸 질색하는 사람에게는 그야말로 이상적인 운동이다.

나의 달리기는 대체로 창작 활동 주기에 따라간다. 별다른 활동이 없을 때도 달리긴 하지만, 가장 열심히 달리게 되는 건 아무래도 막 작업을 시작했거나 한창 작업 중일 때가 된다. 왜 여유로울 때가 아니라 가뜩이나 작업으로 바쁠 때 달리기 같은 걸 하냐면, 내가 하는 작업은 보통 긴 시간 집중해야 하고, 앞서 밝혔듯 변화도 잦기 때문이다. 따라서 그날 작업 결과가 좋든 나쁘든 변함없이 유지되는 중심축 같은 것이 있어야 안심이 되는데, 그게 나에겐 달리기다. 저마다 다르게 생긴 낱알들을 한데 꿰어내려면 튼실한 끈이 필요한 것과 마찬가지다.

또한 음악 작업이라는 게 긴 시간 실내에서 이루어지다 보니 몸과 마음에도 금세 이런저런 불순물이 낀다. 달리기처럼 온몸 구석구석을 사용하는 운동을 통해 정기적으로 이를 털어내고, 시야도 넓게 펼쳐줄 필요가 있다. 내게 창작과 달리기는 별개의 활동이 아니라 어디까지나 상호보완적인 한 묶음의 협력 활동인 것이다.

작년 여름부터 다시 달리기를 시작했다. 전에 달리던

때는 매일 10-12킬로미터씩 지치지도 않고 잘만 달렸는데, 모처럼 다시 달려봤더니 1킬로미터도 완주하기 힘들었다. 하여간 몸이란 워낙에 정직한 것이라 꾸준히 써주지 않으면 금세 퇴보하고 만다. 그런가 하면 쓰면 쓸수록 향상되기도 하니 이번에도 역시 달릴 수 있는 만큼 조금씩, 되도록 하루도 빼먹지 않고 달렸다.

　　달리기는 힘들다. 근육과 허파가 비명을 지르고, 때로는 짜증도 치밀어 오른다. 고통이 이만저만이 아니다. 그럼에도 땀을 흠뻑 쏟아낸 뒤 샤워를 마치고 나면 어김없이 몸과 정신이 마치 새 것처럼 돌아와 있다. 창문을 활짝 열어 방 안에 신선한 공기를 채워 넣은 듯 하루가 처음부터 다시 시작되는 기분이다. 과정이야 어떻든 그 기분만은 늘 한결같다. 알다시피 인생에서 한결같은 건 흔치 않다. 그래서 나는 늘 '지금부터 달리러 간다'기보다는 '지금부터 하루를 더 만들러 간다'는 마음으로 운동화 끈을 묶고 집을 나선다.

　　그렇게 몇 주 동안 하루는 300미터, 하루는 500미터씩 야금야금 거리를 늘려나가다 보면, 어느새 5킬로미터를 가볍게 달리고 있는 자신을 발견하게 된다. 사람마다 다르겠지만, 내게 5킬로미터란 달리기를 위한 최소 기준치다. 다시 말해, 한 번에 5킬로미터를 편안하게 달릴 수 있다는 건 달리기에 필요한 최소한의 기초 체력과 정신이 마련되었다는 뜻과 같다.

그 때부터는 한동안 거리를 늘리지 않고 그 상태를 유지하는 데에만 집중한다. 그 이상을 달리고 싶다면(당연히 달리고 싶다) 우선 5킬로미터를 지켜워질 정도로 몸에 새겨두는 게 좋다. 말하자면 '자, 이 정도 거리가 최소 기준이야' 하고 몸이 완전히 납득할 때까지 반복해 알리는 것이다. 몸 쪽에서 '아니, 거짓말이 아니고 이제 진짜 알았다니까'라는 식으로 반응해와도 절대 동요해선 안 된다. 몸을 쓰는 일에 있어 머리가 앞질러 나가버리면 틀림없이 어딘가 다치거나 문제가 생긴다. 과거에도 그런 식으로 기분에 의지해 무심코 거리를 늘리다가 몇 차례 부상을 입어 오랫동안 달리기를 쉬어야 했다. 이제는 나이도 적지 않으니 한층 더 신중하지 않으면 안 된다. 이 또한 오랜 달리기가 남긴 귀중한 교훈 중 하나다.

그런 과정을 거쳐 몇 개월 전부터는 다시 전처럼 기분 좋게 하루 10킬로미터씩 꼬박꼬박 달리고 있다. 매일은 아니고 일주일에 5회, 중간에 이틀은 휴식을 넣었다. 이번에는 어느 때보다 오래 달리는 것이 목표다. 심각한 부상이나 특별한 사정만 생기지 않는다면 이대로 쉬지 않고 계속 달리고 싶다는 생각도 든다. 아무튼 덕분에 체력이 좋아진 건 물론이고 규칙적인 생활을 하게 됐다. 생활이 규칙적으로 변하면 가용할 시간과 에너지가 넉넉하게 확보되고 작업 능률이 오를 수밖에 없다. 군살이 빠지는 건 일종의 보너스다.

창작은 흔히 육체 활동의 반대, 즉 정신 활동으로 여겨지곤 한다. 그런 까닭에 마음만 먹으면 하루아침에 바꿀 수 있는 것으로 오인하기 쉽다. '그래, 오늘까지는 놀고 내일부터는 하루 종일 작업만 하겠어'라는 식으로. 물론 한창 젊을 때는 그런 식으로도 얼마든지 작업이 가능하다. 그러나 그런 시기는 의외로 오래 가지 않는다. 적응이 빠른 만큼 작업 과정이 금세 익숙해지고, 더 이상 새로운 느낌을 기대할 수 없는 시점이 찾아온다. 그때가 되면 지금까지 내가 특수한 시기에 있었다는 걸 깨닫게 된다. 이 일을 계속 하려면 마음을 다스려 생활을 차근차근 작업의 궤도로 올려놓는 요령을 깨우쳐야 한다. 그러기 위해서는 무엇보다도 느리고 순차적인 변화에 대한 믿음과 인내심이 필요하다.

그래서 나는 달린다. 어쨌든 1킬로미터도 달리지 못하던 사람이 하루아침에 10킬로미터를 달릴 수 없다는 사실을 직면하고, 그럼에도 당장 달릴 수 있을 만큼 꾸준히 달리다 보면 어느덧 10킬로미터 정도는 가볍게 달릴 수 있게 된다는 당연한 순리를 머리가 아닌 몸으로 깨닫기 위함이다.

뭔가를 깨달았다고 해서 그것이 완전히 내 것이 되는 건 아니다. 대부분의 경우 깨달음이란 그것이 필요해질 때마다 몇 번이고 다시 얻어야 하는 것이다. 나는 인생이든 창작이든 결국 깨닫고, 잊어버리고, 다시 깨닫기의 반복이라고 생각한다. 따라서 경험으로 검증된 '깨닫기'의 창구들을 여럿 만들어두는 건 매우 중요한 일이다. 그리고 내가 볼 때 그건 창작 영역 바깥에 있고 단순하다면 더할 나위 없이 좋다. 내 경우 달리기가 '다시 깨닫기'의 주요 창구다. 몸이 상황에 적응하며 조금씩 향상되어가는 걸 직접 느끼는 것보다 강한 설득력을 갖는 것도 없다. 몸이 마음을 닮듯, 마음도 몸을 닮아가기 마련이다.

음악을
들여다보는 창

커버 아트에 대해

최근 몇 년간 내 컴퓨터 바탕화면을 가장 오래 장식한 이미지는 브라질 음악가 안토니오 카를로스 조빔의 앨범 『Wave』 커버였다. 쨍한 초록빛 하늘 아래 달리는 기린의 모습을 포착한 이 감각적인 커버는 미국 사진작가 피트 터너의 작품으로, 1960년대 브라질 음악 붐을 상징하는 대표적 이미지 중 하나다.

오랫동안 나는 이 커버의 배경, 그러니까 기린이 달리고 있는 장소가 해변이라 생각했다. 'Wave(파도)'라는 제목과 사진 속 드넓게 펼쳐진 푸른빛 땅이 얕은 바다처럼 보였기 때문이다. 최근에야 이 사진이 커버 의뢰가 들어오기 3년 전 아프리카 평원에서 촬영된 것이며, 원래 태양이 떠 있던 하늘을 후처리 과정에서 깨끗하게 제거했다는 걸 알게 되었다. 더 놀라운 사실은 초록과 파랑이 피트 터너가 원래 의도한 색이 아니었다는 점이다. 그가 의도한 건 빨간 하늘에 보랏빛 땅으로 지금과 정반대 온도의 색이었는데, 프린트 담당 직원의 실수로 현재 모습으로 세상에 나오게 됐다는 다소 섬뜩한 얘기. 불현듯 담당 직원의 안위가 걱정되는 대목이지만, 정작 당사자인 피트 터너는 '뭐 이런 것도 재미있네'라며 별 대수롭지 않게 여겼던 모양이다.

그런데 만약 담당 직원이 실수를 저지르지 않아서, 피트 터너가 원래 의도한 대로 커버가 완성되었다면 어땠을까. 그랬다면 이 앨범에 대한 인상은 지금과 사뭇 달라지지 않았을까. 물론 음악이 워낙 뛰어나니 작품성에는 별 영향이 없었겠지만, 이 앨범을 떠올리거나 들을 때마다 소환되는 느낌에는 얼마간 차이가 있지 않았을까. 커버 속 하늘과 땅이 처음부터 빨간색과 보라색이었다면 나는 이 앨범을 지금처럼 산뜻하고 우회적으로 받아들이기보다 뜨겁고 직접적으로 받아들였을 것 같다. 그랬다면 장소를 해변으로 착각하지 않았을지도 모르고, 오랫동안 바탕 화면으로 삼지 않았을지도 모른다.

그리고 만약 내 앨범 커버를 만드는 과정에서 이런 일이 일어났다면 어땠을까. 과연 나도 피트 터너처럼 '뭐, 이런 것도 재미있네'라며 대수롭지 않게 여길 수 있었을까. 시간이 한참 지난 뒤라면 몰라도 당장은 그러지 못했을 것이다. 적어도 며칠은 뒷수습을 하러 여기저기 쫓아다니며 씩씩댔을 게 분명하다.

아무튼 『Wave』는 후에 커버를 다시 빨간색으로 수정해 발매되었으나, 최종적으로는 처음의 초록색 커버가 표준으로 남게 되었다.

이 일화를 접한 뒤 나는 일단 한 번 찍혀 나온 커버에 대한 인상은 제아무리 커버를 만든 이라 해도 그리 쉽게 바꿀 수 없다는 걸 새삼 실감했다. 음악에 커버를 입혀 내놓는 일은 이를테면 물 위에 온갖 형상으로 띄운 색색의 기름을 단숨에 종이로 찍어내는 마블링 아트와 비슷하다. 한 번 종이에 찍힌 마블링을 수정할 수 없듯, 음악도 커버가 입혀져 밖에 내보이는 순간 수정은 실상 불가능한 일이 된다. 그때부터는 커버가 음악 깊숙이 새겨지고 음악 역시 커버 깊숙이 새겨진다. 서로를 감쌈과 동시에 관통한다. 커버란 단순히 음악을 포장하는 역할을 한다기보다 음악을 들여다보는 전용 창과 같은 역할을 한다고 말할 수 있다. 모든 음악 커버에는 '이런 느낌으로, 이렇게 생긴 창을 통해 이 음악을 들어주었으면 좋겠습니다'라는 음악가의 바람이 담겨 있다.

최근 나는 곡 작업에 매진하고 있다. 하루에 적게는 서너 개, 많게는 열 개 정도의 스케치 음원을 하드디스크에 차곡차곡 쌓아가는 중이다. 작업이 정확히 언제쯤 끝날지는 나도 잘 모르겠다. 제대로 된 두세 곡 정도만 더 나오면 앨범을 꾸려볼 수 있겠다 생각은 하고 있지만, 사람 일이라는 게 그렇듯 좀처럼 계획대로 흘러가주는 법이 없으니 큰 기대 없이 그저 지치지 않고 꾸준히 해나가는 데에만 집중하고 있다.

그럼에도 이따금 어서 빨리 앨범을 내고 싶다는 생각이 드는 건 어쩔 수 없다. 더 솔직히 말하면 작곡과 편곡, 녹음 등의 고단한 작업은 전부 건너뛰고 완성된 음악에 커버가 입혀지는 모습을 빨리 보고 싶다. 곡 작업과 후반 작업이 힘든 건 긴 시간 극도의 세밀함을 발휘해야 하기 때문도 있지만, 아직 커버를 갖지 못한 무표정한 음원을 항상 마주해야 하는 피로감 때문도 있다. 아무리 열과 성을 다해 만든 음악이라 해도 커버가 입혀지기 전에는 무미건조하고 답답해 보일 수밖에 없다. 여느 파일과 생김새가 똑같고 내부에 무엇이 담겨 있는지를 알려주는 독특한 표정, 창이 아직 없기 때문이다.

문득 언젠가 음악가 친구와 나눴던 대화가 생각난다.

"있지, 나는 커버만 만들면 거기 맞는 음악이 저절로 만들어졌으면 좋겠어."

"이야, 너도 그래? 나도 맨날 그런 생각만 해."

이쯤 되면 커버를 위해 음악을 만들고 있는 건 아닌가 하는 의심이 든다. 그만큼 음악에 커버를 입히는 일은 짜릿하다. 하지만 그 짜릿함 역시 음악에 대한 만족감에 비례한다는 걸 알기에 나는 오늘도 후회 없는 음악을 만들기 위해 노력한다. 어디에 어떻게 생긴 창을 내면 좋을지 몰래몰래 궁리도 하면서.

소리의 결

결국은 시간과 도움이 필요한 일

데뷔 앨범에 실릴 곡들의 데모를 완성했을 때 나는 아주 득의양양했다(사실 꼭 그때뿐만이 아니라 그 시절이 전체적으로 '득의양양기'였지만). 모든 것이 내 의도대로 결정되었고, 그 결과가 썩 만족스러웠기 때문이다. 나는 그동안 고생이 많았다며 가장 힘든 단계는 지나갔다고 스스로를 토닥였다. 이제 이대로 녹음을 하고 앨범을 내기만 하면 드디어 음악가가 되는, 오랜 숙원 사업을 이루게 된다고 자신의 노고를 치하했다.

하지만 그 너머에는 여태껏 한 번도 가보지 못한 미지의 영역이 나를 기다리고 있었다. 물론 대충 들은 게 있어 알고는 있었다. 다만 그 정도로 미지일 줄은 몰랐다. 그곳은 마치 나를 무릎 꿇게 할 만반의 태세를 갖추고 있는 것처럼 보였다. 앨범을 만든다는 건 곡과 가사를 쓰고 편곡을 끝냈다고 해서 끝나는 일이 아니었다. 그것은 크게 두 개의 본편으로 이루어진 시리즈물이었다. 1편의 테마가 '고독과 창작'이라면, 2편의 테마는 '협동과 실현'이었다. 영화로 말하자면 당시 나는 이제 막 시나리오와 스토리보드를 완성하고 배우와 제작진을 섭외하는 단계에 와 있을 뿐이었다.

그래도 다행히 녹음은 비교적 원만히 끝냈다. 몇 차례 엎치락뒤치락하긴 했지만 첫 녹음이라는 걸 감안했을 때 그 정도면 선방한 것이었다. 문제는 후반 작업(편집, 믹싱, 마스터링) 단계에서 찾아왔다. 분명히 데모대로 녹음을 무난히 마쳤는데, 막상 첫 믹싱본을 들으니 이게 얼마 전에 녹음한 그게 맞나 싶었다. 완전히 다른 음악처럼 들렸다. 요소들은 분명 빠짐없이 들어가 있는데 결정적인 인상이 완전히 달랐다. 인상이 달라지니 세부도 다르게 느껴졌다. 불현듯 지금까지 쌓아온 모든 노력이 물거품이 되어버릴지도 모른다는 공포감이 들었다.

원인은 앨범 작업에 대한 나의 이해력 부족이었다. 그때까지 나는 줄곧 음악에서 가장 중요한 건 역시 곡과 가사라고 생각했다. 그것들만 잘 만들어놓으면 나머지는 다 자연히 따라올 거라 믿었다. 한데 막상 일을 진행하다 보니 소리의 결을 어떻게 다듬어 어떤 방식으로 놓느냐에 따라 음악의 설득력이 결정되는 듯했다. 경우에 따라서는 내용을 완전히 뒤바꿔놓을 수도 있을 것 같았다(소리의 결에 따라 음악의 인상이 얼마나 달라질 수 있는지를 느껴보고 싶다면 플레이밍 립스The

Flaming Lips의 『Soft Bulletin』에 수록된 「Race For the Praze」와
「Race For the Praze(Mokran Mix)」를 비교해 들어보길 추천한다.
같은 녹음본에 믹싱만 다르게 한 것인데, 완전히 느낌이 다르다).

그제야 나는 소리의 결도 하나의 중요한 음악 표현이
라는 사실을 깨달았다. 이를 결정하는 과정이 녹음이고 믹싱
이고 마스터링이었다. 그건 음악이 지닌 느낌이나 본연의 정서
를 음향 기기와 기술을 활용해 찾아나가는 일이었다. 그래서
이 분야의 지식과 경험을 가진 전문 엔지니어가 있는 것이
고, 그와의 면밀한 소통이 필요한 것이었다.

그리하여 이미 앨범을 발표하기라도 한 듯 득의양양했
던 나는 다시 긴장의 나사를 단단히 조였다. 그리고 수정사항
을 하나하나 정리해 엔지니어에게 전달했다. 관련 지식이 부
족해 아주 간단한 내용도 결국에는 손짓발짓 주먹구구식으
로 설명할 수밖에 없었지만, 엔지니어는 신통하게 알아들었
다. 눈치를 보아하니 나뿐 아니라 대개들 그러는 모양이었다.

그럼에도 당시에는 내가 만든 음악을 내가 원하는 모
습대로 만드는 게 왜 이렇게나 어려워야 하는지 지금만큼 충
분히 납득하지 못해 괜히 엔지니어에게 짜증도 많이 났다. 처
음 녹음 상태에 비하면 몰라볼 정도로 나아지긴 했지만, 작업
을 마쳤을 때 여전히 아쉬움이 짙게 남았다. 그 아쉬움을 품
은 채 나는 음악가로 데뷔했다. 기대와 달리 뭔가를 끝냈다기
보다는 모든 게 다시 처음부터 시작되는 느낌이었다.

나는 다음 작업에 참고할 목적이 아니라면 웬만해서는 지난 앨범은 다시 듣지 않는다. 만족스러운 부분보다는 아쉬운 부분만 들리기 때문이다. 그런데 몇 년 전 멀리 살고 있는 친구에게 내 음악을 선물하기 위해 모처럼 데뷔 앨범을 플레이리스트에 올리게 되었다. 파일이 온전한지 간단히 확인만 할 작정이었는데, 웬걸 처음부터 끝까지 완전히 몰입해 듣고 말았다.

음악은 내 기억보다 훨씬 더 생생하고 탐스러웠다. 물론 그건 내가 만든 음악이고 내 의도가 대부분 투영되어 있지만, 그 의도를 실질적으로 구현해낸 건 엔지니어의 손길이었다. 고마운 마음이야 늘 갖고 있었는데 새삼 그에게 더욱 고마운 마음이 들었다. 그제야 마음속에 짙게 깔려 있던 안개가 말끔히 걷히는 것 같았다. 참 오래도 끌었다. 뭣도 모르는 애송이 주제에 자존심만 세서 여러 사람 괴롭혔다.

얼마 뒤 마침 용무도 있고 해서 모처럼 그 엔지니어에게 전화를 걸었다. 통화 중간에 나는 그에게 예전에 함께 작업한 앨범을 오랜만에 들었는데, 정말 좋더라고 말하며 고맙다는 감사 인사를 전했다. 그는 내 말이 떨어지자마자 평소와 조금도 다르지 않은 티 없이 맑은 목소리로 대답했다.

"어유, 그 작업은 제 역작이죠."

너무 당당하게 나오니 오히려 내 쪽이 당황스럽다. 칭찬을 철회해버릴까 싶기도 하다. 하지만 유쾌해서 좋다. 그리고 다시 생각해봐도 참 고맙다.

물론 그 앨범의 아쉬운 부분들은 여전히 들린다. 하지만 이제는 그 아쉬운 부분 역시 똑같이 재현할 수 없다는 걸 안다. 그러니까 어떤 의미로든 그 앨범은 그때가 아니었다면 절대 만들지 못했을 앨범이다. 만약 지금도 충분히 만들 수 있는 앨범이었다면 아무런 의미가 없었을 것이다. 내게 의미 있는 작품이란 잘하든 못하든 오직 지금 할 수 있는 작품이다. 지금이 아니면 만들 수 없는 작품이다.

때때로 '음악을 막 시작했을 시기의 나'와 '지금의 나' 사이에 놓인 거리를 마음속으로 조용히 가늠해본다. 이쪽에서 보면 아득하리만치 먼 것 같고, 저쪽에서 보면 의외로 가까운 것도 같다. 하지만 멀든 가깝든 그 거리는 끊임없이 내 삶과 작품에 모종의 기운을 불어넣고 있다. 나름의 결을 새겨나가고 있다.

복잡한 것을
단순하게 보는 능력

끈기를 갖는다는 것

과거 어른들이 입이 닳도록 늘어놨던 말 중에는 모순되는 것들이 많다. 이를테면 분명 '무슨 일이든 끈기가 있으면 된다'고 말해놓고, 뭔가 끈기 있게 해보려 하면 어디선가 또 불쑥 나타나서 '안 될 일은 애초에 시작하지도 마라'며 초를 친다. 대체 뭘 어쩌라는 건지 난감하다. 두 가지를 합치면 되는 건가. 무슨 일이든 될 일을 끈기 있게 하면 된다? 왠지 그럴 듯 하다. 그러나 물음은 여전히 남는다. 내가 지금 하려는 일이 '될 일'이라는 걸 대체 어떻게 알 수 있느냔 말이다.

내가 생각하기에 이에 대한 정답은 정말 하고 싶은 일이 생기면 그게 '될 일'로 보일 가능성이 아주 높다는 것이다. 물론 그렇게 되면 '될'의 정의가 거의 무한대로 확장되어버리긴 하지만('된다'는 건 과연 무엇인가), 그야 어쩔 도리가 없다. 좀 암담하게 들리지도 모르나, 그 '될'의 정의를 찾는 것이 어쩌면 우리 일생의 과제일지도 모르니까.

몹시 대충이긴 하지만 어쨌든 그렇게 첫 번째 조건은 갖추어졌다. 다음은 '어떻게 끈기를 가질 것인가' 하는 부분이다. 사실 하고 싶은 일이 있다면 자연히 끈기가 갖추어질 거라고 생각하기 쉽지만, 그게 또 그렇게 간단하지만은 않다. 세상에는 어떤 일이 너무도 하고 싶은 나머지 포기해버리는 사람도 있기 때문이다.

나는 종종 '능력이란 알고 보면 그냥 끈기를 말하는 게 아닐까' 하고 생각했다. 물론 어떤 분야의 일을 해나가기 위해서는 그에 관한 최소한의 지식과 소양, 경우에 따라서는 얼마간의 재능도 틀림없이 필요하다. 그런 건 아무 짝에 소용없다고 무시해버릴 마음은 추호도 없다. 그렇지만 시간이 지날수록 비록 전부는 아니더라도 이 일의 '거의 대부분'이 끈기로 시작해 끈기로 끝난다는 사실을 뼈저리게 통감한다. 그러다 보니 결국 '이 일을 해나가는 데 있어 가장 중요한 건 무엇입니까?'와 같은 질문을 받으면 저절로 '지식이나 재능'보다는 '끈기' 또는 '아무튼 계속 해나가는 것'이라고 대답할 수밖에 없다. 다시 말해, '무슨 일이든 끈기가 있으면 된다'는 말만 놓고 보면 백번 옳다. 다만 다른 무수한 경구와 마찬가지로 지나치게 표현의 효율성만 추구한 나머지 정작 중요한 세부 맥락은 홀랑 날려먹은 것이다.

흔히 '끈기'라 하면, 어떠한 장애나 난관에도 흔들리지 않는 불굴의 의지를 지닌 인간상을 떠올리게 된다. 내 경우 그 이미지를 대표하는 인물이 한 명 있다. 다만 음악가도 아니고, 창작자나 예술가, 스포츠 영웅도 아니다. 실존 인물도 아니다. 내가 '끈기'라는 말과 늘 함께 떠올리는 인물은 다름 아닌 로버트 저메키스 감독의 1994년 작 〈포레스트 검프〉의 주인공 포레스트 검프다.

혹자는 "저기요, 걔는 바보잖아요"라고 말할지도 모른다. 물론 사실이다. 포레스트 검프는 바보다. 의심의 여지가 없다. 하지만 그 사실을 알고 있다면, 그 영화가 지닌 가장 훌륭한 점이 그 바보를 바라보는 우리를(나아가 바보를 주인공으로 한 다른 영화들을) 바보로 만든다는 데 있다는 것도 잘 알 것이다. 우리는 바보인 그가 미국 근대사의 중요한 순간과 장소들을 차례차례 통과하며 주변을 풍요롭게 만드는 기적을 지켜본다. 그리고 그 기적은 새롭게 일어나는 다양한 사건과 다채로운 인물들보다는 매번 지독한 환경에 놓이면서도 늘 한결같은 포레스트 검프의 끈기 어린 태도가 만들어내는 것이다. 그런 점에서 포레스트 검프는 하나의 인물이라기보다 끈기라는 개념 또는 태도 자체가 인물의 형태로 체화한 것으로 봐야 할지 모른다.

물론 포레스트 검프가 하는 일마다 끝장을 보고 늘 한결같은 태도를 유지할 수 있는 이유는 그의 지능이 모자란 탓도 있을 것이다. '지능이 모자라다'는 게 정확히 어떤 상태를 말하는 건지 여러 가지로 표현할 수 있겠지만, 이 경우 '아직 일어나지 않은 미래의 일을 걱정하거나 예측하지 못하는 상태' 정도로 표현하는 게 적당할 것 같다.

포레스트 검프는 언제나 달린다. 이리저리 잔머리를 굴리거나 딴 생각 같은 건 전혀 하지 않는다(못한다). 할 일이 정해져 있지 않을 때는 어벙해 보이지만, 일단 뭔가가 정해지고 나면 그때부터는 스스로의 표현처럼 '바람처럼 내달린다'. 거기에 어떤 위험이 있고, 무엇을 감당해야 하고, 어떤 부작용이 따라오는지 깊이 생각하지 않는다(못한다). 바로 그것이 포레스트 검프가 지닌 끈기의 실체이자 비결이다. 요컨대 '복잡한 문제를 더없이 단순하게 보는 능력'이라고 할까.

이는 포레스트 검프에게 지극히 당연하고 자연스러운 것이지만, 어중간하게 똑똑한 나머지 쓸데없는 생각만 많은 사람들에게는 좀처럼 허락되지 않는 능력이다. 우리들 대부분이 지닌 문제—여기서는 '끈기 부족'이—란 실상 단순한 것을 애써 복잡하게 바라보는 데서부터 시작하는 건지도 모른다.

대부분의 사람들은 알게 모르게 모든 일의 결과를 예측하고, 모든 요소를 되도록 정합적으로 따져보려는 습관을 갖고 있다. 그것이 똑똑한 행동이고 그렇게 해야 남들보다 손해를 덜 본다고 생각하기 때문이다. 하지만 실제로 손해를 덜 보느냐면, 항상 그렇지만도 않은 것 같다. 적어도 내가 보기에 그중 대부분은 간신히 현상 유지에 그치는 듯하다. 오히려 간단한 문제를 너무 복잡하게 생각한 나머지 일을 망치는 경우는 허다하게 본다.

문득 미국 작가 마크 트웨인의 말이 떠오른다.

"사람이 곤경에 처하는 건 뭔가를 몰라서가 아니라, 뭔가에 대해 스스로 아주 잘 알고 있다고 착각하기 때문이다."

우리가 흔히 품는 바람과는 달리 '뭔가를 잘 알고 있다'는 생각은 어쩌면 사는 데 별로 도움이 되지 않을지도 모른다. 지금 내가 하려는 일이 어떤 결과를 불러올지는 누구도 알 수 없다. 비교적 분명히 알 수 있는 건 내가 이 일을 하고 싶어하는가이다. 그럼에도 정확히 그 부분만 제외하고 모든 불확실한 요소들만 계산에 넣고 돌려서는 어떤 일도 시작하기 어렵고, 어찌어찌 시작했다고 해도 지속해나가기 힘들다. 끊임없이 예측하고 기대하고 의구심을 품게 될 것이기 때문이다.

다소 엉뚱한 결론처럼 들릴 수 있지만 나는 끈기를 갖기 위해서는 부분적으로 멍청해질 필요가 있다고 생각한다. 하지만 실제로 지능을 낮출 수는 없는 노릇이니, 중요한 순간마다 '나는 그리 똑똑하지 않고 따라서 모든 것을 알 수 없다'는 말을 주문처럼 외는 수밖에 없다(실제로 나는 내가 지나치게 머리를 굴리고 있다는 걸 자각할 때마다 저 말을 반복하고 있다). 그것만으로도 뭔가를 더 오래 해나갈 가능성이 비약적으로 높아질 수 있다고 나는 생각한다. 물론 재정 문제 등 냉정하게 판단해야 하는 일에 있어서는 정신을 바짝 차리고 철두철미하게 접근해야 한다. 그러나 내가 사랑하는 일, 마음이 끌리는 일에 있어서는 다소 멍청해지는 쪽이 거의 모든 면에서 월등히 좋다고 확신한다. 사실 그건 멍청함이 아니라 가장 중요한 것에만 집중하고, 그외의 것들이 내는 잡음을 줄이는 더없이 귀중한 자질이자 지혜이기 때문이다.

끈기를 갖는다는 건 어쩌면 머리보다는 마음의 소리에 귀 기울이는 일인지 모른다.

그때까지
내 삶이 보내온 신호

슬럼프와 번아웃에 대해

내게 음악적으로 가장 힘들었던 때는 대략 2016년부터 2019년 정도까지였던 듯하다. 당시에는 인지하지 못했지만, 지금 돌이켜보면 그 시기 나는 번아웃을 동반한 슬럼프를 포함해 온갖 종류의 내외적 압박감과 스트레스에 시달렸다. 작업에도 진전이 없고, 밴드 멤버들과도 이별했고, 남들에 비해 한참이나 늦게 음악을 시작한 터라 나이에 대한 걱정도 슬슬 밀려왔다. 늘 아슬아슬하기만 한 재정 상태에도 민감해졌다. 수많은 걱정과 의구심에 사로잡혀 우물쭈물하는 동안 나를 앞으로 나아가게 해주던 동력은 차츰 소진되어 갔다. 나는 그 과정을 물끄러미 바라만 보고 있었다.

오직 의욕 하나만을 앞세워 살던 사람이 의욕을 상실한다는 건 정말이지 괴로운 일이었다. 어찌나 괴롭던지 '힘들다'는 생각보다는 '이상하다'는 생각이 먼저 들었을 정도였다.

그건 말하자면 지금껏 단 한 번도 쉬지 않고 달리던 기차가 영문도 모른 채 처음 보는 낯선 풍경 속에 멈춰선 상황 같았다. 그때까지 있었던 모든 일들이 허망한 꿈처럼 애초에 없었던 것만 같고, 여태껏 어떻게 이리도 아무렇지 않게 살아올 수 있었는지에 대해서도 강한 의문이 들었다.

그건 그때까지의 내 삶이 보내온 의미심장한 신호였다. 동시에 그때까지의 나 자신을 차근차근 검증해볼 수 있는 절호의 기회이기도 했다. 하지만 그런 건 한참 나중에야 든 생각이고, 당장에는 검증이고 뭐고 그런 상황이 불안하고 짜증스럽기만 했다. 어서 빨리 예전처럼 앞으로 나아갔으면 하는 마음뿐이었다. 그러나 물론 기차는 내 마음처럼 다시 움직여주지 않았다.

그때까지 나는 삶에 대해 기본적으로 되도록 느긋하게 지켜보자는 주의를 갖고 있었다. 뭔가에 대한 욕구가 있고, 그에 부응해 어디까지나 정직한 태도로 뭔가를 하나씩 해나가다 보면 삶은 차츰 나아진다고 믿었다. 실제로도 그래왔다. 그렇지만 그 시기에는 그 욕구 자체가 온데간데없이 사라져버린 탓에 도무지 어찌해야 할지를 몰랐다. 그저 한시라도 빨리 뭔가 대대적인 조치를 취해야만 한다는 생각뿐이었다.

나는 진지하게 이력서를 쓰고 취직 준비를 했다. 너무도 쓰리지만 음악은 한때의 아름다운 추억으로 묻어두고 지금부터는 다시 회사에 속해 매일 출퇴근하는 삶을 이어가야겠다고 생각했다. 그것 말고는 내게 달리 선택의 여지가 없어 보였다.

그러나 막상 모든 준비를 마치고, 이력서와 포트폴리오 파일을(디자인 쪽 일을 구해볼 참이었다) 전송해야 하는 순간이 되자 도저히 손이 떨어지지 않았다. 그걸로 바로 취업이 되리라는 보장이 전혀 없다는 걸 알면서도 그랬다. 취업이 되든 되지 않든 그 파일들을 내 손에서 떠나보내는 것 자체가 중대한 분기점 같았다. 그 분기점을 넘어서면 마음이 지금까지와는 전혀 다른 방향으로 급격히 기울기 시작할 것임을 예감할 수 있었다. 그렇게 되면 아무리 내 마음이라 해도 막을 수 없으리라. 여태껏 그래왔던 것처럼 군말 없이 살아가리라.

그런 생각에 잠겨 있던 중 불현듯 정신이 번쩍 들었다. 어쩌면 나는 충분히 노력하지 않았던 게 아닐까. 처음 경험하는 낯선 상황에 당황한 나머지 지금까지 내가 해온 일들을 너무 가벼이 취급해버린 건 아닐까. 물론 예전과 똑같을 수는 없겠지만 지금 상태로도 해볼 수 있는 일들이 있을지 모른다. 그러니 일단 음악과 관련해 내가 할 수 있는 일들을 찾아보자. 그게 또 어떻게 뻗어나가게 될지 아무도 모르는 일이니까. 변화와 위험을 감수하더라도 어디까지나 음악 안에서 해보자. 내 음악을 만들어 발표하는 일만이 음악의 전부는 아닐 것이다.

나는 몇 주간 공들여 준비한 이력서와 포트폴리오 파일을 잡문서 폴더로 옮겼다. 그리고 다시 음악 작업을 시작했다. 본격적으로 동료 음악가의 연주자이자 프로듀서로 활동하고, 일반인들을 대상으로 한 음악 창작 워크숍을 진행했다. 이를 계기로 이렇게 음악에 관한 글을 쓸 기회를 얻기도 했다.

그런가 하면 이전과 다른 새로운 이름으로 음악을 여럿 발표하기도 했다. 이전까지 내가 해오던 작업과는 얼마간 다른 종류의 것들이다. 과거 작업이 내면에 끓어오르는 욕구를 바탕으로 한 활동이었다면, 새 작업은 그때까지 내가 익힌 음악적 기술들을 조금 다른 각도에서 모색해나가는 기교적인 활동에 가까웠다. 이 같은 시도를 통해 내가 무엇을 갖고 있는지 나아가 앞으로 이것들을 어떻게 활용할 수 있을지 실무적으로 파악할 수 있었다.

돌아보면 그 시기 나는 어디까지나 지적 호기심만으로 해나갈 수 있는 일들을 본능적으로 찾아했던 것 같다. 솔직한 이야기로 과거 나는 그런 종류의 일들을 하찮게 여겼다. 의식적으로 행하는 모든 일들을 경시했다. 어쩌면 그러한 일들에 대한 경험이야말로 오로지 본능과 직관에만 기대어오던 내 삶에서 결락된 부분이었는지도 모른다. 내가 멈춰 설 수밖에 없었던 건 그러한 크고 작은 오만의 독소를 삶 속에 차츰 누적시켜왔기 때문이었는지도 모른다.

마침내 뭔가가 완전히 지나갔다는 느낌이 찾아온 건 불과 몇 개월 전이다. 모든 게 다시 처음부터 시작되고, 가끔은 애초에 내가 있었어야 할 자리를 드디어 찾은 것 같다는 기분마저 든다. 마음 저 안쪽에서 뭔가 기분 좋은 것이 슬금슬금 자라나고 있다는 게 느껴진다. 물론 힘든 시절은 언젠가 또 찾아올 것이다. 그리고 그때가 다시 와도 이전보다 덜 힘들 자신은 없다. 나는 분명 예전과 똑같이, 어쩌면 더 힘들어할지도 모른다. 하지만 이제는 무엇을 어떻게 해야 할지 조금은 알게 되었기에 그다지 두려운 마음은 들지 않는다. 되돌아보면 그 시절을 불러온 것도, 그 시절에서 빠져나오게 해준 것도 결국은 그때까지 내가 보낸 시간들이었으니까. 그러니 누가 뭐래도 나는 힘이 닿는 한 열심히, 나아가 무엇보다도 내가 원하는 대로 내 앞에 놓인 시간을 즐겁게 채워나가면 되는 것이다. 지금의 충실함이 훗날 든든한 우산이 되어줄 것이다.

어느덧 7월이다. 집 근처 숲을 산책하다 보면, 큰 나무를 이리저리 오르내리는 청설모들이 심심찮게 보인다. 뭐가 그리들 바쁜지, 정말 귀엽다. 아마 겨울을 대비해 먹이를 열심히 비축하는 중일 것이다. 물론 중간 중간 놀기도 할 테지만. 한데 녀석들은 대체 겨울이 찾아온다는 걸 어떻게 알고 대비하는 것일까. 그런 생각을 하면 역시 마냥 귀여워 보이지만은 않는다.

기대하지 않으며
희망을 품는 일

이중 사고의 유익함

내가 공식적으로 음악가가 된—즉 첫 작품을 발표한—시점은 2013년 11월이다. 하지만 음악을 만드는 일을 진지하게 파고든 건 2009년 초였으니 10년 넘게 음악을 만들며 살아왔다 할 수 있다.

물론 그 사이 음악만 만든 건 아니다. 사는 곳이 부산에서 서울 그리고 얼마 전에는 일산으로 바뀌었고, 생계를 위해 음악과 무관한 여러 가지 일을 했다. 편의점 직원부터 서점 직원, 영업 사원 등 최소한의 돈벌이가 가능한 일을 병행하며 음악가로서 살아갈 수 있을 시간과 여력을 비축했다. 전혀 힘들지 않았다고 말하면 거짓말이지만, 견딜 수 없을 정도로 힘들게 여기진 않았다.

음악을 만들기 시작한 지 5년 만에 첫 작품을 세상에 내어놓았을 때, 막 데뷔한 대부분의 음악가들이 그러하듯 내 마음속에도 마치 열대우림의 고사리처럼 기이할 정도로 큰 기대감들이 빽빽이 들어차 있었다. 내가 만든 음악이 세상 혹은 적어도 음악계를 바꾸어 놓을 것이며, 이제 나는 음악과 무관한 다른 일을 할 필요가 없으리라 생각했다. 초짜의 시건방짐이란 실로 어마어마한 것이다.

실제로 반응은 그리 나쁘지 않았다. 하지만 엄청나게 좋은 것도 아니었다. 내 경제적 상황은 전혀 나아지지 않았고 나는 일을 그만둘 수 없었다. 물론 변화는 있었다. 인터뷰 요청이 들어오고, 근사한 무대에 설 기회를 얻고, 무엇보다 내 음악을 좋아해주는 팬들을 만날 수 있었다. 음악가로서의 상황은 분명 몇 단계 나아진 것이다. 그러나 그와는 별개로 실제 삶은 여전히 같은 자리를 맴돌았고, 나는 그 상황의 의미를 알아내려 애쓰고 있었다.

그로부터 다시 수년이 흘렀다. 그동안 나는 몇 장의 앨범과 싱글을 추가로 발표했고, 꽤 영예로운 상을 받았다. 전국 투어 공연을 하고, 동료들과 몇 번의 만남과 이별을 반복하기도 했다. 설명하기 어려운 많은 일들이 있었고 그로 인해 많은 것들이 의도치 않게 바뀌었다. 물론 나 자신도 그 변화의 과정에 예외가 될 순 없었다.

예전만큼은 아니어도 나는 여전히 음악가로서 작품을 발표하고 있다. 음악적 자부심 역시 예나 지금이나 별반 다르지 않다. 다만 한 가지 달라진 점이 있다면 작품 발표의 순간에 크게 마음을 쏟지 않게 되었다는 것이다. 이제는 오랜 시간 공들여 만든 작품이 세상에 나와도 예전처럼 날아갈 듯 기뻐하거나 들뜨지 않는다.

처음 그 사실을 알았을 때, 썩 유쾌하지만은 않았다. 어쩜 이리도 뻔뻔해졌을까. 마지막 남은 순수한 마음(또는 믿음)을 저버린 듯한 기분이었다. 그런데 다른 음악가들의 이야기를 들어보니 그들 역시 특별히 다르지 않아 보였다. 그건 어느 정도의 경험을 가진 음악가라면 누구나 지니고 있는 마음의 기술 중 하나였던 것이다. 강렬하게 바라면서도 동시에 눈곱만큼도 바라지 않는 마음. '분명히 잘 될 거야'라는 생각과 '분명히 또 망하겠지'라는 생각이 한 인간의 마음속에 완벽하게 공존하는 상태. 언젠가부터 나는 그런 철저한 유사 이중 사고를 통해 이 일을 지속해나가는 데 필요한 마음을 유지하고 관리해나가고 있었다.

최근 들어서는 다른 분야의 사람들에게서도 "기대하며 살지 않기로 했다"는 말을 자주 듣게 된다. 사실 그 말은 관점에 따라 그리 좋지 않게 들리지 않을 수 있다. 어딘지 모르게 실망할 것을 두려워하는 사람이 적당히 둘러대는 말처럼 들리기도 하니까. 그렇지만 나는 오히려 그 기대하지 않는 마음이 기대하는 마음보다 훨씬 유익할 수 있으며, 그 마음의 주체를 보다 건강하게 만들어줄 수 있다고 생각한다. 다만 그런 상태에서도 희망을 품을 수 있다면.

기대와 희망. 언뜻 별 차이가 없어 보이는 말이다. 그러나 유심히 들여다보면 그 두 단어의 무게 중심은 분명 다르다. 먼저 '기대한다'는 건 어떤 일이 단기간에 일어나길 바라는 마음이다. 이를테면 내가 발표한 음악이 차트 상위권을 차지한다거나 그해 최고의 곡으로 선정되기를 바라는 마음에 가까울 것이다. 반면 '희망을 품는다'는 건 시간이나 구체적인 성과와는 무관하게 그 자체를 바라보고 믿는 마음이다. 예컨대 누가 뭐래도 음악을 만드는 일이 내게 꼭 필요하고, 그렇게 만든 음악이 나름의 확고한 가치를 지니고 있음을 믿는 자세이다. 요컨대 기대는 '일시적인 상태'이며, 희망은 보다 '영속적인 태도'에 가깝다 할 수 있다.

기대는 쉽게 끝을 맞이하고 또 금세 생겨난다. 그러나 희망은 제대로 형태를 갖추기까지 꽤 오랜 시간이 걸리나 일단 갖추어지고 나면 웬만해서는 사라지지 않는다. 그런 까닭에 어떤 일을 꾸준히 오래 해나가는 사람들의 마음속엔 늘 기대보다는 희망이 더 확실하게 자리 잡고 있다고 나는 믿는다. 기대가 '세상을 향한 짧고 막연한 바람'이라면 희망은 '나자신을 향한 길고 조용한 격려'인 셈이다.

그럼에도 한 인간으로서 기대를 말끔히 버린다는 것은 그리 쉬운 일이 아니다. 기대란 내가 뭔가에 마음을 쏟는만큼 쑥쑥 자라나기 마련이니까. 희망은 거기에 부드러운 질서를 부여한다. 그것들이 제멋대로 땅을 점령해 시야를 가리

고 길을 가려버리지 않도록 항상 지켜보고 바로잡는다. 그런
의미에서 희망을 품는다는 건 마음 속 정원을 관리하는 차분
하고 솜씨 좋은 정원사를 얻는 일과 같다. 그 정원사는 결코
재촉하거나 실망하지 않고, 그저 묵묵히 정원을 유지해나갈
것이다. 내가 무엇을 하고 있고, 또 무엇을 하게 되든 말이다.

삶 속의
음악

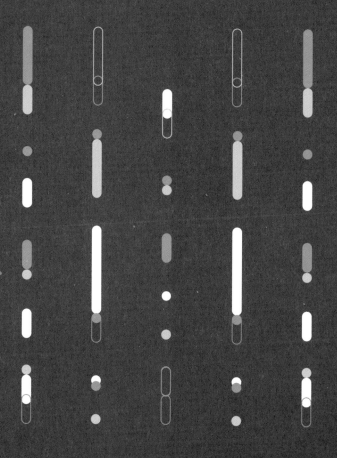

타인의 음악 속에서
자신을 확립하는 일

연주자의 자아를 발견하다

대다수의 싱어송라이터가 그러하듯 나 역시 스스로가 음악의 주체가 되길 바란다. 내가 만든 음악 위에, 내가 쓴 가사를 내려앉히고, 시간을 두고 다듬어 나가는 일에서 오는 희열과 만족감을 사랑하기 때문이다. 물론 작업이 잘 풀리지 않을 때는 고통이 따른다. 그렇지만 대부분의 싱어송라이터들은 그런 것쯤은 가볍게 무시할 수 있을 정도로 이 일을 중히 여기는 사람들이다. 그리 가볍게 되지 않을 때도 있지만.

이처럼 자신만의 속도로 음악을 해나가기 위해서는 '누가 뭐래도 나는 나 자신을 기준으로 삼을 수밖에 없다'는 식의 건전한 이기심이 필요하다. 음악 외적인 삶에서는 어떨지 모르지만, 적어도 음악의 영역 안에서는 그러한 태도를 가질 수밖에 없으며 실상 그래야만 한다고 나는 생각한다. 싱어송라이터란 지극히 개별적인 존재들이고, 바로 그러한 개별성을 통해 자신만의 가치를 만들어 나가기 때문이다.

그런 의미에서 내가 다른 싱어송라이터의 연주자가 된 것은 사실 나조차도 좀처럼 설명하기 어려운 일이다. 내가 처음 그의 기타 연주자로 나섰던 것은 2015년 4월. 그에 조금 앞서 몇 곡의 녹음과 편곡 작업에 참여하기도 했으나, 연주자로서 함께한 건 그때가 처음이었다. 이벤트성으로 단 두 곡만 함께 연주한 무대였지만, 이듬해 나는 그의 두 번째 정규 앨범 프로듀싱과 녹음, 믹싱, 편곡에 대거 참여하며 거창하게 표현하자면, 운명을 같이 하게 되었다.

내가 그의 기타 연주를 맡는 일에 흥미를 갖게 된 것은 음악이 매력적이기 때문도 있었지만(우선적으로 강조), 무엇보다 그의 음악이 내가 하는 음악과 전혀 다른 지점에 있었기 때문이다. 그때까지 나는 밴드라는 옷을 입고 소위 록 음악을 하고 있었고, 그는 포크 중에서도 가장 데시벨이 낮은 편인 그야말로 느리고 정적인 음악을 하고 있었다. 그런 음악의 일부가 되어 연주를 한다는 건 대체 어떤 기분일지 궁금했다. 몇 번 해보고 영 맞지 않으면 다른 연주자에게 넘겨주어도 크게 아쉬울 게 없으니 '뭐, 일단 한 번 해보자' 하는 심정이었다.

비록 전문 연주자는 아니지만 음악가로서 꽤 오래 기타를 다루어 왔기에 연주 자체에는 어려움이 없을 거라 생각했다. 그럴 만도 한 게 그의 음악에서 사용되는 음계란 내가 만들고 연주해오던 음악이 지닌 음계에 비하면 실로 단출하기 그지없었다. 하지만 공연을 몇 차례 치르며 절실히 느낀 점은 '이건 아무래도 단순히 음을 재현하는 것만으로는 턱없이 부족하다'는 것이었다. 그의 음악을 제대로 표현하기 위해서는 기존에 내가 연주해오던 방식과 태도는 잠시 내려두고, 얼마간 다른 방식과 태도를 취해야만 했다. 다행히 나 이전에 기타 연주자들이 계속 바뀌어서 연주에 대한 확고한 방법론이 정립되어 있지는 않아 보였다. 이미 자리 잡고 있는 요소들은 있었지만, 그보다는 여전히 어떤 가능성의 형태로 남아 있는 부분이 많았다고 할까. 적당히 허술했다고 할까. 아무튼 그 공간은 내 나름 뭔가를 시도해보기에 충분해보였다.

그때부터 나는 나만의 연주 방식과 태도를 새롭게 만들어나갔다. 이빨로 기타 줄을 물어뜯는다거나 하는 과격하고 혁신적인 쪽은 물론 아니지만 그의 음악이 가진 본질을 해치지 않는 선에서 가장 적절하다고 생각되는 연주를 말 그대로 '일일이 더듬어가며' 하나하나 찾아나갔다.

그게 구체적으로 어떤 것인지는 설명하기 몹시 까다롭다. 한 가지 확실한 건 기타 연주의 모든 사소한, 이를테면 운지나 피킹 방식부터 음을 어디까지 지속시키고 언제 어떤 방식으로 끊을 것인가 하는 부분 등에 있어 매우 느리지만 세밀하고 힘 있게 몸을 사용하려 노력했다는 것이다. 주어진 음계가 그리 많지 않고 무대도 정적이다 보니, 최대한의 절제

(또는 움츠림)를 통해 내 입장에서도 관객 입장에서도 한 음과 한 동작을 '제대로 꽂아 넣는다'는 인상을 갖게 하는 것이다. 그다지 친절한 설명은 아닌 듯하나, 나로서는 이 이상으로 설명해낼 수 있을 것 같지 않다. 대체적으로 그런 느낌이라는 것밖에는.

나는 연주 방식과 태도를 서서히 확립시켜 나갔다. 물론 밖에서 보기에는 일방적으로 그를 보조하는 것으로 보였을 것이다. 실제로 여기저기서 "네 음악을 두고 왜 다른 사람의 음악을 도와주느냐"와 같은 말들을 자주 듣기도 했다. 정작 나는 딱히 '도와주고 있다'는 의식을 가져본 적이 없어서 그런 말을 들으면 기분도 나쁘고 자존심이 상하기도 했다. 하지만 당시만 해도 그 이유를 제대로 설명하기가 몹시 어려웠던 터라 그저 "그렇게 보일 수밖에 없다는 건 알겠는데, 실제로는 그렇지 않다"는 식으로 밖에는 대답할 수 없었다. 그게 그나마 당시 내가 내놓을 수 있는 가장 진실에 가까운 말이었다.

그러나 나는 내게 맞는 연주 방식과 태도를 고안하고, 이를 통해 새로운 정체성을 확립해나가고 있었다. 돌아보면 더없이 고집스러운 싱어송라이터임에도 내가 그 일을 꾸준히 해올 수 있었던 이유는 바로 거기에 있었다. 누가 뭐래도 나는 그 속에서 내게 도움이 되는, 지극히 개인적인 차원의 발전을 이루어가고 있었던 것이다.

그럼에도 내가 구축해온 영역은 '무대'라는 공간에 한정되어 있었다. 그의 2집 작업에서 많은 부분 관여한 적은 있었지만, 그때는 아직 완전히 그의 음악과 동화를 이루었다고 보기 어려운 과도기였다. 2집에 실린 곡들은 그때까지 그가 혼자 만들어온 음악들과 크게 다르지 않았다. '무대'에서는 달랐겠지만, '음반'에 있어서만큼은 그랬고 실상 그럴 수밖에 없었다고 생각한다.

하지만 그의 세 번째 정규 앨범 작업은 그간 크고 작은 여러 무대를 꾸려오며 서로 각자 쌓아온 여러 요소(혹은 기질)들을 '음반'의 형태로 끌어내는 과정에 가까웠다. 비록 완전하지는 않아도 비로소 진정한 의미의 동화를 이루기 시작한 시점의 결과물이라 할 수 있다. 그건 여태껏 내가 확립해 온 영역이 당당히 그의 음악을 이루는 중요한 일부가 되었다는, 요컨대 '정식적인 편입'이 이루어졌다는 뜻이다.

좀 이상하게 들릴지는 모르나, 그래서 오히려 그 앨범이 지니게 될 객관적인 가치는 내게 그다지 중요하지 않다. 물론 내 입장에서는 충분히 자랑스럽고 그만한 가치가 있다고 생각되는 앨범이지만, 그런 건 내가 이래저래 판단해서도 안 되고 사실 제대로 판단할 수도 없는 일이다. 그보다 훨씬 중요한 것은 그의 음악을 연주하면서 착실히 확립해온 오직 나만이 알 수 있는 귀중한 감각이, 마침내 타인의 음악과 이상적인 형태로 결합하게 되었다는 근사한 실감이다. 내가 실로 가치 있게 여기는 것은 바로 그것이다.

4부 ∘ 삶 속의 음악

밴드 해체 주의

더 크고 새로운 목소리

"밴드로 활동한다는 건 어떤 것입니까?"라는 질문을 가끔 받는다. 왜 굳이 밴드 활동에 실패해 혼자 활동하는 사람에게 그런 질문을 하는 건지 정확한 속내는 잘 모르겠다. 혹시 처절한 실패담이 듣고 싶은 걸까 하며 슬쩍 눈치를 살피면 아무래도 그런 기색은 아닌 것 같다. 아주 밝고 쾌활한 얼굴이다. 정말로 밴드 활동이란 게 어떤 건지 궁금한 모양이다.

그럴 때마다 나는 밴드 활동을 흔히 조별 과제에 비유하곤 한다. 3인 밴드를 한다는 건 3인 조별 과제, 5인 밴드를 한다는 건 당연히 5인 조별 과제를 하는 것과 비슷하다. 하지만 조별 과제 혹은 그 비슷한 경험이 있는 사람이라면 그 활동이 머릿수와는 관계없이 대체로 비슷한 양상으로 흘러간다는 것을 잘 알 것이다.

이를테면 누군가는 시작부터 목표를 향해 미친 듯이

내달리려하고 누군가는 일단 걷는 정도로 시작하고 싶어한다. 누군가는 시간을 있는 대로 내고 누군가는 조금만 낸다. 그러나 불만과 스트레스는 똑같이 쌓인다. 한 사람만 행복해지지도 않고 한 사람만 불행해지지도 않는다. 전부 좋거나 전부 나빠질 뿐이다. 아무리 다양하고 뛰어난 조원들이 모여도 거기에는 언제나 비슷한 상황과 역할과 관계와 문제가 생긴다. 적어도 내가 아는 조별 과제란 대충 그런 것이고, 밴드 활동도 크게 다르지 않다. 단 몇 주일도 원만히 이어나가기가 힘들다.

예컨대 비틀스는 한때 지구상 최고의 음악 조별 과제 팀이었다. 무엇이 최고인가 하는 점이 다소 모호하게 느껴질 순 있지만, 적어도 학점은 항상 최고점을 받았다. 그런 그들도 결국 조별 과제라는 형태를 10년 정도밖에 유지하지 못했다. 밴드라는 것이 얼마나 유지되기 어려운지 잘 알 수 있는 대표적 사례다. 성공하지 못해도 유지하기 어렵고, 성공해도 유지하기 어렵다.

비틀스 해체로부터 수십 년 뒤 비틀스의 후계자를 자처하며 등장한 오아시스의 리암 갤러거는 활동 후반기 어느 인터뷰에서 "우리는 이미 예전에 끝났어. 돈 때문에 하는 거지"라고 호기롭게 밝힌 바 있다. 그러나 밴드를 돈 때문에 할 수 있는 지점까지 가는 것부터가 이미 만만한 일이 아니고, 돈 때문에 밴드를 하는 일도 결코 만만하지 않다. 뭐, 나야 그

수준까지 가보진 못했지만 아무래도 만만치 않았던 모양이다. 왜냐하면 오아시스도 그로부터 얼마 뒤 결국 해체하고 말았으니.

통계를 찾아보고 할 것도 없이 밴드라는 건 유지보다 해체되기 쉬운 존재다. 정도만 다를 뿐 음악가란 기본적으로 고집이 세고 자기밖에 모르는 경향이 강하다. 그런 몇몇 이들이 모여 공동의 목표를 추구하자고 말하는 것 자체가 어찌 보면 부자연스러운 일이다. 다시 말해, 밴드란 본디 부자연스러운 것이다. 그리고 얼마든지 개인으로 다시 나뉠 수 있다. 더구나 그 각각의 개인은 자신의 개성을 마음껏 드러내고 싶어하고 자유를 향한 갈망이 속에서 들끓는 음악가들이다. 손발이 쇠사슬에 묶여 있는 것도 아니고, 마음만 먹으면 언제든 훌훌 털고 떠날 수 있다. 밴드를 한다는 건 그런 가능성을 늘 품고 가는 것이다. 가령 밥 딜런이라면 이야기가 다르다. 왜냐하면 밥 딜런은 혼자라 해체될 수 없기 때문이다. 거기서 더 해체되면 목숨이 위태로워진다.

어쨌든 그런 까닭에 예전과 달리 이제 밴드를 보면 음악적 성취보다는 '저들은 대체 어떻게 밴드를 유지하는 것일까' 하는 점이 가장 궁금해진다. 몇 년 전 콜드플레이의 내한 공연을 보면서도 어마어마한 스케일의 무대 효과나 압도적인 인지도보다는 '아니, 대학에서 만난 친구 네 명이 어떻게 여기까지 올 수 있었을까' 하는 생각만 내내 머릿속에 맴돌았다. 나 또한 대학 친구들과 밴드를 결성했다가 때마침 그 바로 얼마 전에 막 혼자가 된 터라 그 사실이 더더욱 기적처럼 다가왔다. 그들이 이뤄낸 음악적 성취보다 그 유대와 결속력을 유지해온 것이 훨씬 더 대단해 보이고 부러웠다.

해체하지 않고 장기간 활동한 밴드로는 U2도 빼놓을수 없다. 얼마 전 그들이 1990년 베를린의 한자 스튜디오에서 「One」이라는 곡을 쓰고 녹음한 일화를 접했는데, 그들이 오랫동안 밴드를 유지할 수 있었던 이유를 슬쩍 엿본 것 같았다. 당시 U2는 극렬한 음악적 충돌을 빚으며 해체 직전까지 갔었다고 한다. 그런데 마침 근처에서 베를린 장벽 붕괴가 거행되기 시작했고, 그것이 그들을 다시 뭉치게 해 「One」이라는 곡을 쓰게 된 것이라고. 아주 유명한 일화이지만, 사실 나에게는 '야, 이건 좀 무섭다'는 생각이 들 정도로 이상적인 이야기로 비쳤다. 물론 그들이라고 해서 항상 그렇지만은 않았을 것이다. 비즈니스적으로 유례없는 대성공을 거둔 밴드이니만큼 평소에는 철저히 실무적이다가도, 꼭 필요할 때는 그처럼 이상적인 면모를 발휘하는 게 아닐까. 다시 말해, 그 두 가지 사이를 그때그때 적절히 오갈 수 있는 능력이 밴드를 존속시키는 게 아닐까. 그 일화를 접한 뒤 나는 그 양쪽 모두가 부족했던 게 아닐까 하고 생각했다.

밴드를 유지하는 것이 그토록 어려운 일임에도 불구하고 음악가들이 밴드를 하고자 하는 이유는, 역시 밴드를 해야만 얻을 수 있는 게 따로 있기 때문일 것이다. 앞서 말했듯 밴드는 부자연스러운 형태다. 하지만 바로 그러한 점 덕분에 얼마간 말도 안 되는 비현실적인 추구도 가능해진다. 나름의 음악적 소양과 능력을 갖춘 몇몇이 모여 뭔가를 진지하게 추구하기 시작하면 거기에는 개인이 다다르기 힘든 복합적인 이상과 아우라가 생겨난다. 제각기 다른 능력과 기질이 한 곳으로 얽혀 들며 제3의 인격이 모습을 드러낸다. 그 결과 밴드는 개인과는 다르지만 조직은 아닌, 말하자면 좀 더 크고 확대된 개인(거인)의 목소리를 갖게 된다. 그건 어느 한 멤버의 목소리가 아니다. 구성원 전부가 자기 자신을 내어주고 그 대가로 얻어낸 더 크고 새로운 목소리다.

물론 '나는 그렇게까지 크고 거창한 건 필요 없어'라고 생각하면 혼자서 할 수 있는 음악을 해나가면 된다. 굳이 밴드 같은 걸 해서 사서 고생할 이유가 없다(조별 과제의 예를 기억하자). 추구하는 바가 다를 뿐, 밴드가 하는 음악이 혼자 하는 음악보다 우월하다는 증거는 어디에도 없으니 말이다(밥 딜런의 예를 기억하자).

"밴드로 활동한다는 건 어떤 것입니까?"라는 질문에 대한 답은 일찍이 밝혔다. 밴드 활동은 조별 과제 같은 것이다. 활동 양상만 놓고 보면 확실히 그렇다. 그러나 만약 질문을 조금 바꿔 "밴드를 한다는 건 어떤 것입니까?"라고 묻는다면 대답은 완전히 달라진다. 밴드를 한다는 건 나보다 큰 존재의 어깨에 올라타 새로운 목소리를 내어보는 것과 같다. 물론 그러려면 자신을 아낌없이 내어줄 수 있어야 하고 이것은 어려운 일이다. 그래서 밴드는 늘 해체된다.

하지만 '그래도 역시 나는 혼자서 할 수 있는 음악 말고 좀 다른 걸 해보고 싶어'라는 생각이 든다면 밴드에 뛰어들어보길 권장하는 바이다. 사실 꼭 그 이유가 아니더라도 살면서 한 번쯤은 도전해 볼 만한 일이지 않나 개인적으로 생각한다. 반드시라고는 도저히 말 못 하겠지만.

그림과
음악의 대화

자르고 남은 것

지난 봄, SNS 상으로만 알던 회화 작가로부터 메일이 왔다. 내내 미루기만 하다 작년 겨울부터 겨우내 마음을 다잡고 쓰기 시작한 이 책의 원고도 막 편집자에게 넘겼고(결론적으로는 반려되어 처음부터 완전히 새로 쓰게 됐지만), 마침 코로나19가 본격적으로 확산되기 시작하는 바람에 모처럼 일정이 텅텅 비어 있을 때였다. 어째서인지 최근 몇 년을 돌아보면 꼭 이럴 때마다 뭔가 다른 일이 생기곤 했는데 이번에도 마찬가지였다. 그녀는 메일을 통해 협업 전시를 제안해왔다.

직접적인 교류는 없었지만, 평소 그녀의 그림에 꽤 호감을 갖고 있던 터라 우선은 기쁘고 반가웠다. 다만 여태껏 음악을 만들고 발표하기만 했지 전시 같은 건 해본 적이 없었다. 협업도 어디까지나 음악 테두리 안에서만 몇 차례 해보았을 뿐이라 걱정이 되었다. 회화 작가인 그녀와 음악가인 내가 대체 뭘 함께 작업할 수 있을까. 나아가 그 결과물이 과연 '전시'될 수 있을 만한 것일지 나로서는 도무지 상상이 가지 않았다.

뿐만 아니라 당시 나는 이런저런 사정으로 오랜 기간 음악 작업을 쉬고 있었다. 작업을 하게 된다 해도 만족스러운 음악이 나와 줄지 의문이었다. 그런 까닭에 최초 기쁘고 반가 웠던 마음과는 별개로 제안을 선뜻 수락할 수 없었다. 이를 수락한다는 건 나의 원점인 음악으로 다시 돌아간다는 매우 중대한 결정을 의미했고, 하필 그 출발점도 지금껏 한 번도 서보지 않은 낯선 영역에 있었기 때문이다.

걱정이 이만저만이 아니었지만, 결국에는 머리를 굴려 봐야 답이 나오지 않을 거라는 생각이 들었다. 일단 손에 잡히 지 않는 걱정들은 멀리 제쳐두고, 어디까지나 내 선에서 명확 히 확인할 수 있는 부분에 집중해보기로 했다.

메일을 받은 날 저녁, 나는 모처럼 기타를 꺼내들었다. 그리고 시험 삼아 가볍게 노래와 연주를 해보았다. 그녀가 메 일로 첨부해온 그림들을 어렴풋이 떠올리며.

메일에 쓰여 있던 대로 그녀의 그림과 내 음악은 분명 통하는 부분이 있었다. 처음 그림들을 봤을 때도 얼핏 그런 인상이 들었는데 실제로 내 노래와 연주를 그녀의 그림과 하 나하나 대조해 나가다 보니 더욱 확신이 들었다.

물론 그녀가 어떤 동기와 욕구로 그림들을 그렸을지

나로서는 정확히 알 수 없다. 다만 내가 확실히 알 수 있는 건, 그녀의 그림이 내 속에 있던 어떤 정서를 생생히 떠올리게 만들었으며, 그것을 끄집어냈다는 것이다.

그렇게 나는 그녀의 제안을 수락했고, 우리는 2주에 한 번씩 번갈아가며 상대가 건네온 작업물에 또 하나의 작업물로 대답했다. 애당초 밝아보였던 전망과 달리 그 과정은 육체적으로도 심적으로도 무척이나 더디고 고되었다. 작업은 4개월에 걸쳐 진행됐다. 돌아보면 정말 길게 느껴진 4개월이었다.

어릴 적 색종이 자르는 일은 언제나 즐거웠다. 원하던 모양의 색종이 조각이 생기기 때문만은 아니었다. 분명 가위질은 한 번이었는데 막상 눈앞에 생겨난 건 둘이었기 때문이다. 나는 그 단순한 원리, 그러니까 뭔가를 잘라내거나 덜어내고 나면 정확히 그 모양을 한 다른 뭔가가 남는다는 사실이 썩 마음에 들었다. 그리고 왜인지 대개 '잘라낸 부분'보다는 '자르고 남은 부분'에 더 마음이 끌렸다. 원래 의도는 '잘라낸 부분'에 있지만, 잘라놓고 보면 처음부터 '자르고 남은 부분'을 의도했던 것만 같다는 양가적이고 모순적인 감정을 느꼈다. 그게 바로 색종이 놀이의 묘미였다.

위의 글은 지난 8월에 열린 전시 서문의 일부다. 나는 우리의 협업 과정을 '색종이 놀이'에 비유했다. 전시 제목이 이와 유사한 이유도 있지만, 전시를 준비한 과정이 실제로 색종이 놀이와 매우 닮아 있다는 생각이 들어서다. 무언가를 잘라내는 일. 그리고 자르고 남은 것을 가지고 노는 일. 확실히 우리는 그 일을 교차적으로 해온 건지도 모르겠다. 우리는 매번 상대가 건넨 자르고 남은 형상(또는 틀)에 자신을 맞춰보거나 덧대어보거나 확장해나가거나 축소시켜야 했고, 이를 위해 평소 편하게 즐겨 쓰던 부위가 아닌 다른 부위를 어떻게든 사용해야 했다.

그 과정 속에서 그녀가 그린 그림과 내가 만든 음악은 각각 본연의 모습에서 자연스레 벗어났다. 서로가 건넨 형태를 통과하며 스스로도 모르는 사이 변화가 일어난 것이다. 물론 작업 초기에는 이와 같은 변화가 답답하고 만족스럽지 않았다. 작품에 융통성이 결여되어가는 것처럼 느껴졌다. 하지만 중반 이후로는 도리어 그 '융통성 없음'을 기준점 삼아 새로운 방향을 잡아나갈 수 있었고, 그 결과 두 사람 모두 처음에는 전혀 예상하지 못했던 새로운 장소에 각각 다다를 수 있었다. 창작에 있어 '길을 잃는 것'이 얼마나 중요한지를 새삼 깨달을 수 있었던 값진 시간이었다. 할까 말까 싶을 때는 해보는 게 좋다는 걸 또 한 번 절실히 느꼈다.

지금도 여전히 자세히 설명할 수 없지만 나는 여전히 '잘라낸 것'보다는 '자르고 남은 것'에 더욱 마음이 끌린다.

예술과 대우

아무것도 아닌 나

데뷔 전에는 예술가 대우를 받길 내심 기대했다. 그런데 막상 그런 상황을 겪어보니 웬 걸 오히려 마음이 불편했다. 나는 결코 비난받는 걸 즐기는 사람은 아니지만, 영문 모를 칭찬을 넙죽 받아들이지는 못한다. 한 인간으로서 정당한 대우를 받는 건 좋지만, 그 이하나 그 이상의 대우를 받는 건 역시 불편하다. 어느 쪽이든 내 주제를 벗어난 기분이다. 내 본의로든 타의로든 누군가의 아래에 있거나 위에 있는 듯한 느낌이 나는 아직도 적응이 되지 않는다.

나는 어떤 식으로든 누군가를 다르게 대우하는 인간의 마음이 무섭다. 하찮게 대우하든 극진히 대우하든, 어느 쪽도 믿음이 가지 않는다. 아주 사소한 일을 계기로 하루아침에 양쪽이 자리를 맞바꾼다 해도 전혀 이상하지 않을 것이다. 그리고 가끔은 나 자신이 거기 빠져들까 무섭다. 실제로 그래본 적이 있기에 더욱 무섭다. 나도 모르게 그렇게 말하고 행동하고 있지는 않을지 두렵다.

결국 나는 내 마음을 무서워하고 있는 건지도 모른다. 하지만 역시 그래야 한다고 생각한다. 마음은 무섭고 두려운 것이니 마땅히 무서워하고 두려워해야 한다고 생각한다. 자신의 마음을 그렇게 여길 수 있다면, 타인의 마음도 똑같이 여길 수 있다고 믿는다. 인간은 자신의 마음부터 두려워하고 경계할 줄 알아야 한다고 생각한다.

그 결과 나는 어디서든 시큰둥해보이는 사람이 되었다. 물론 속은 그렇지 않다. 어떻게든 균형을 잡기 위해 노력 중이다. 한쪽으로 쏠리거나 치우치지 않으려 애쓰고 있다. 이제는 그 일도 익숙해져서 예전만큼 어렵지는 않다. 그런 나를 불쾌한 듯 바라보는 사람들의 시선도 별로 신경 쓰이지 않는다. 또한 일찍이 밝힌 대로 그들이 급작스럽게 태도를 바꾸어 나를 환대한다고 해도 조금도 이상하게 생각하지 않을 것이다. 기쁘지도 않을 것이다. 다만 약간의 씁쓸함을 느낄 것이다.

그런가 하면 나를 충분히 존중하면서도 그 마음을 다스리는 기색이 느껴지는 사람 앞에서는 완전히 마음을 놓게 된다. 더 이상 시큰둥하지 않고 곧장 환하게 웃음 지을 수 있다. 이런 사람이라면 믿을 수 있다고 머리로 생각하기보다 마음 쪽에서 먼저 무장을 풀어버린다. 이 사람도 자신의 마음을 무서워하고 두려워하는구나. 그래서 내 마음도 이렇게 배려

해주는 것이구나 싶어 오히려 무서움과 두려움이 말끔히 사라진다. 그럴 때 마음이란 내가 아는 것 중 가장 다정하고 따뜻한 것이 된다.

그런 마음의 끊임없는 변화 속에서 나는 부단히 아무것도 아닌 나 자신으로 돌아오려 애쓴다. 나는 분명 예술가이지만, 되도록 예술을 입에 담지 않으려 애쓴다. 무심결에라도 예술의 옷을 걸치지 않으려 애쓴다. 나는 예술가라서 다르다고 주장하고 싶지 않다. 얼마쯤 다를 수는 있으나 굳이 그 사실을 내세워 어떤 식으로든 차별하거나 차별받고 싶지 않다. 그럴 때 예술이란 말하자면, 권투 선수의 단련된 주먹과 같은 것이다. 그것이 사용되어야 할 때는 예술을 하는 순간 혹은 예술이 심각한 위험에 처했을 때뿐이다. 알다시피 예술을 하는 순간에는 혼자가 될 수밖에 없고, 예술이 심각한 위험에 처했을 때는… 내가 생각하기에 아직 오지 않았다.

가르치는 일의
즐거움

실제보다 다정한 모습으로 축소시킨 세상

20대의 나는 누군가를 가르치는 일은 도저히 할 수 없을 거라고 철석같이 믿고 살았다. 대학 시절 미술학원 강사 생활이 남긴 뼈아픈 교훈이다. 물론 그만두라고 말한 사람은 없었지만, 나는 내가 그 일을 제대로 해내지 못하고 있다고 느꼈다. 즐겁지 않았기 때문이다. 그것이야말로 내가 그 일을 해서는 안 되는 가장 확실한 신호라 생각했다.

그런데 최근 몇 년에 걸쳐 누군가를 가르치는 일은 내 삶에서 아주 중요한 일 중 하나로 자리 잡았다. 처음에는 순전히 용돈벌이 차원에서 시작한 일이었다. 하지만 개인 수업에서 단체 수업·워크숍으로 차츰 그 형태와 성격을 바꿔가며 경험을 쌓다 보니 언제부턴가 단순히 용돈벌이라 말하기 송구한 마음이 들 정도로 큰 의미를 지니게 되었다.

가르치는 과목은 어쿠스틱 기타와 작사. 참여층은 주

로 20대부터 40대까지의 학생, 직장인, 휴직인 들이다. 기타 수업은 개인 수업 때부터 해오던 걸 단체 수업의 형태로 발전 시킨 것이고, 작사 워크숍은 2016년 여름 마포구 염리동에 위치한 한 서점의 제안으로 시작하게 되었다. 서점은 2020년을 끝으로 문을 닫았지만, 나는 2019년부터 개인 차원에서 작사 워크숍을 이어가고 있다. 횟수로 치면 벌써 60회에 가까워지고 있다. 60회라니. 이건 나 스스로도 잘 믿겨지지가 않는다. 하여간 인생이란 어찌될지 알 수 없는 것이다.

어떻게 이 일을 오래 해올 수 있었을까. 여러 이유가 있겠지만, 가장 큰 이유는 역시 과거와 달리 이 일이 즐겁기 때문이다. 물론 금전적 이익도 간과할 수 없지만 그래봤자 대단한 수준도 아니고, 애초에 나 같은 사람은 성미에 맞지 않는 일은 지속하지 못한다. 생활이나 입장이 다소 곤궁해지는 한이 있더라도 하고 싶은 일을 하고 만다. 동기들을 따라 대학을 졸업해 취업하지 않고 음악가가 된 것도 전부 그런 이유에서다. 즐겁지 않았다면 이토록 수업을 꾸준히 해오지 못했을 것이다. 세월이 흐르고 경험도 늘다 보니 이 일에 필요한 자질이 나도 모르는 새 갖춰진 측면도 있을 테고.

나는 수업을 단순히 기술을 전달하는 차원으로 접근하지 않으려 노력한다. 참여자들은 대체로 음악을 배우고 싶어하지만, 현실적으로 음악 연습에 많은 시간을 내기 어려운 이들이다. 일주일에 한두 시간 수업도 굉장히 노력해 내고 있는 것이다. 실력이 느는 것도 중요하나 그들에게는 직접 악기를 연주하고 가사를 쓰는 일의 기분 좋음을 지속적으로 느끼는 것이 무엇보다 우선이다.

그러기 위해서는 적어도 수업 시간만큼은 평소와는 다른 음악적 시간으로 만들어야 한다. 따라서 '기술적 설명은 최대한 간결하고 짧게, 체험은 되도록 친밀하고 길게'가 기본 수업 원칙이다. 기술이나 지식 전달보다는 처음부터 끝까지 과정을 무사히 체험하게 하는 데 진짜 의의가 있다. 이 일에 필요한 '프로세스'와 '태도'를 직접 보여주고 그것을 자기 식대로 받아들일 때까지 차분히 기다려주는 것이다.

그 경험이 학생에게 어떤 도움이 될지는 알 수 없다. 그럼에도 나는 배움에 대한 강박 없이 옹기종기 둘러앉아 기분 좋게 보낸 시간이 삶의 어느 순간에, 모든 것이 불확실하고 막막한 상황에, 크던 작던 분명 도움이 되어줄 것이라 믿는다. 지금까지 내 삶에서도 그런 일이 계속 일어났고 지금도 여전히 일어나고 있기에, 내가 아닌 다른 사람들도 그래서 그러리라 조용히 믿고 희망할 따름이다. 나는 지금 그들 앞에 놓인 시간을 기분 좋게 채우려 노력한다. 물론 나도 더러 기분이 좋지 않을 때가 있지만, 언제부턴가 수업에 가면 따로 노력하고 말 것도 없이 그냥 자동반사적으로 기분이 좋아져버린다. 신기한 일이다.

내 생각에 아마도 그건 수업이라는 자리가 만드는 특

유의 다채로움과 거리감 때문이 아닐까 싶다. 무슨 말인가 하면, 나는 대체로 사람을 자주 만나지 않고 대부분의 시간을 혼자 보낸다. 어쩌다 만난다 해도 대개는 음악가나 예술·문화계에 종사하는 사람이 된다. 그런 이들을 만나는 것도 물론 즐거운 일이다. 다만 거기에는 늘 얼마간의 답답함이 서리는 경향이 있다. 모두가 대체로 비슷한 가치를 추구하고 있고, 그럼에도 각자의 세계가 너무도 강고한 탓이다. 어느 수준까지는 잘 지낼 수 있어도 근본적으로는 잘 섞여들지 않는다. 다른 이들은 어떤지 모르나, 내 경우 그런 자리가 자주 반복되다 보면 시야가 딱딱하게 굳어져가는 기분이 든다. '분명 세상에는 다른 모습으로 살아가는 사람들이 훨씬 더 많을 텐데, 세상이 이렇게 좁지는 않을 텐데' 하고 생각하게 된다.

그런 까닭에 수업을 빌미로 밖으로 나와 평소에는 좀처럼 만날 기회가 없는 사람들을 마주하는 시간이 내게는 무척 즐겁고 소중하다. 자리가 자리인 만큼 가까운 관계로 발전되지는 않지만, 그래서 오히려 각자의 세계가 더욱 잘 섞일 수 있다. 서로 적당히 거리를 둘 수 있고 어느 때보다 더 솔직해질 수 있다. 이처럼 비록 작고 제한적인 형태일지는 몰라도 평소 보던 것과 다른 세상의 일면을 마주하는 일은 매우 값진 경험이다. 모르긴 몰라도 내가 가르치는 학생들 입장에서도 마찬가지일 것이다. 우리는 모두 세상을 경험하고 있다. 실제보다 다정한 모습으로 축소시킨 세상을 말이다.

또한 그처럼 가장 근본적이고 소박한 형태의 창작 과정을 바로 옆에서 지켜볼 수 있다는 건 창작자인 나에게도 대단한 기회다. 거기서 나는 매번 지금까지 내가 해온 창작의 원형을 본다. 나 자신을 본다.

음반 심의의 추억

「지난날」과 유재하

라디오로 밤을 새우던 시절, 나는 대체 방송국에 얼마나 많은 음반이 쌓여 있기에 사람들이 신청하는 노래를 전부 틀어줄 수 있는지 궁금했다. 거의 신비에 가까워 보였다. 그래서 어떻게 하면 그 일이 가능해질 수 있는지 내 나름 요리조리 머리를 굴려봤다. 그 결과 나는 두 가지 상상의 이미지를 획득했다. 첫 번째는 종일 음반 가게를 돌아다니며 미친 듯이 음반을 사들이는 방송국 직원의 모습, 두 번째는 거대한 주크박스가 기계 팔을 움직여 수백만 장의 음반 중에서 신청받은 노래를 정확히 찾아내는 모습이다.

황당한 이야기로 들리지만, 실제로 각 방송국은 엄청난 양의 음반과 음원을 보유하고 있으며, 그것들을 수집하는 과정 역시 사람에 의해 이루어지고 있다. 다만 그 사람의 정체가 해당 음반을 제작한 제작사 직원 또는 음악가 자신일 뿐이다.

　　음악가가 된 직후 그 사실을 알게 되었을 때 나는 지나가는 누군가를 붙잡고 '저기 혹시 지금이 몇 년도인가요'라고 물어봐야 할 것 같은 기분이 들었다. 당시에는 레이블에 소속되어 있어 내가 직접 방송국에 가는 일은 없었지만, 얼마 안 가 레이블을 떠나면서 그 일은 나의 일이 되었다.

　　음반이나 음원을 방송국에 등록하는 목적은 크게 두 가지다. 방송국에서 언제나 해당 음반에 담긴 노래들을 쓸 수 있도록 하고 해당 음반의 방송 적합성을 판단 받기 위해서다. 하지만 심의 규정이라 불리는 이른바 '방송 적합성'이라는 것이 모두 제각각이라 각 방송사를 모두 따로 방문해 음악을 등록해야 한다. 하지만 실상 모든 방송사를 돌아다닐 수는 없는 노릇이라 나는 보통 네 곳(MBC, KBS, SBS, TBS)에만 음반 심의를 넣는다.

　　음반 심의를 넣으러 다니는 건 정말 따분하고 귀찮은 일이다. 방송국 출입을 위해 외부인 방문 신청서를 매번 작성해야 하고, 신분증도 제출과 반납을 반복해야 한다. 방송사마다 제출해야 하는 음반의 개수와 자료도 다른데, 그마저도 가끔 바뀌어서 미리 준비한 음반과 자료가 남거나 모자라기 일쑤다. 모든 방송국 심의실 직원들의 얼굴이 하나같이 어딘가 어두운 것을 보면 아마 그들 역시 나와 비슷한 마음인 것 같다.

음반 심의를 넣으러 다니다 겪게 되는 가장 난감한 상황 중 하나는 나와 이동 동선이 일치하는 또 다른 음반 심의 여행자와 만나는 일이다. 물론 우리는 태어나 처음 만난 사이다. 하지만 첫 번째로 들른 방송국 심의실(대체로 SBS인 경우가 많다)에서 마주친 우리는 그 뒤로 약 반나절에 걸쳐 만났다 헤어졌다를 반복할 가능성이 매우 높다. 서로 신경은 쓰이지만 난데없이 인사를 하는 건 또 어색하니 우리는 계속해서 서로를 의식하며 왠지 모를 서글픈 공감대만 조용히 느낀다. 우리는 다음 방송국으로 향하는 같은 버스를 한 코스 차이의 정류장에서 각각 차례로 타기도 하고, 중간에 뭘 좀 먹기 위해 들른 패스트푸드점에서 각자의 트레이를 들고 서서 마주치기도 한다. 불가피하게 서로의 버거 취향을 확인하면서.

한 달 간격으로 잇따라 발표한 두 싱글의 음반 심의를 넣으러 갔을 때는 기묘한 일이 있었다. 내가 상암동에 있는 한국음반산업협회(KBS의 음반 심의를 대행하는 곳이다)의 새하얀 데스크에서 열심히 심의 신청서를 작성하고 있을 때, 50대 중반으로 보이는 남자가 들어왔다. 사무실 안쪽에서 접수 직원이 데스크로 걸어 나오자 남자는 음반 심의를 넣으러 왔다고 말했고, 직원은 가수·이름을 물었다. 남자는 대답했다.

"유재하."

나는 순간 쓰던 볼펜을 부러뜨릴 뻔했다. 하지만 이내 냉정을 되찾고, 뭐 같은 이름의 음악가도 얼마든지 있을 수 있지 하고 생각하며 우리나라 음악 역사상 가장 아름답고 훌륭한 앨범을 남긴 음악가와 같은 이름을 가진 음악가의 심경이 어떨지 상상해보려 애썼다. 직원도 남자의 대답에 놀란 듯 잠시 머뭇거렸지만 이내 남자에게 작품 제목을 알려달라 했다. 남자는 대답했다.

"「지난날」이요."

나는 마침 신청서를 다 쓴 터라 그것을 직원에게 제출하고 입구 쪽으로 몸을 돌리며 자연스럽게(과연 자연스러웠을지는 의문이지만) 남자를 슬쩍 바라보았다. 하지만 너무 짧은 순간이었고, 내 위치에서는 남자의 옆모습만 보여 뚜렷한 인상을 살필 수 없었다. 건물을 빠져나오며 모처럼 나는 지나가는 누군가를 붙잡고 '저기 혹시 지금이 몇 년도인가요'라고 물어봐야 할 것만 같은 기분이 들었다.

배가 고팠던 관계로 근처의 패스트푸드점에서 햄버거를 먹으며 유재하의 앨범들을 찾아봤다. 동명이인의 음악가는 없었고 수년 전에 발매된 리마스터 앨범을 제외하고는 최근에 발매된 앨범 역시 없었다. 「지난날」이라는 곡이 단독으로 발매된 기록도 발견할 수 없었다. '이건 뭐 소설에 들어와 있는 기분이군'이라고 생각하며 트레이를 비우고 곧장 MBC로 향했다. MBC는 이미 앞서 들렀지만 햄버거를 먹던 중 그날 등록해야 하는 두 싱글 중 한 곡만 등록했다는 것을 뒤늦게 깨달았기 때문이다. 나는 솟구치는 짜증과 자괴감을 억누르며 다시 방문증을 작성하고 신분증을 제출한 뒤 재빨리 심의실로 갔다. 그리고 심의신청용 컴퓨터 앞에서 그 남자를 다시 만났다.

그곳에서 나는 궁금함을 참지 못하고 용기를 내어 남자에게 말을 걸었다. 극도로 조심스럽게 몇 가지 질문을 했고, 그중 한 가지 질문은 무례하게 느껴질 수 있을 만한 것이어서 나중에 크게 후회했다.

그로부터 며칠 뒤 나는 인터넷에서 한 기사를 보았다. 유재하의 「지난날」이 현역 음악가들에 의해 「지난날 리버스」라는 제목의 밴드 버전으로 재탄생해 그해 12월 중에 발매된다는 내용이었다. 아울러 유재하의 모습이 홀로그램 영상으로 재현된 뮤직비디오가 함께 공개될 예정이라며 스틸컷이 함께 첨부되어 있었다. 나는 어색한 표정으로 어쿠스틱 기타를 어깨에 멘 유재하의 홀로그램과 「지난날 리버스」라는 제목을 보며 다시 한 번 지나가는 누군가를 붙잡고 '저기 혹시 지금이 몇 년도인가요'라고 물어보아야 할 것만 같은 기분이 들었다.

이름 없는
예술가들을 위한 변명

창작이라는 생존법

예술 계통의 일에 뛰어드는 사람을 보면 진심으로 응원해주고 싶지만 늘 가벼운 격려 수준에 그치게 된다. 성공은 고사하고 이 일을 유지하는 것부터가 만만치 않기 때문이다. 그 여정이 산뜻한 단기 여행이 아니라 지난한 장기 체류가 될 가능성이 매우 높다는 걸 알기 때문이다. 물론 당사자도 자신이 하려는 일이 얼마나 힘겹고 가능성이 낮은 일인지 어디선가 들어 대충은 알고 있다. 다만 '다른 사람들은 몰라도 나는 분명 잘 될 거야'라는, 굳이 갖다 붙이자면 '예술무사안일주의'에 심각하게 빠져 있을 뿐이다. 그 증상을 낫게 하는 치료법은 아직까지 발견되지 않았다.

　　나 역시 데뷔 전후 몇 년 간은 대중적 인기와 관심, 인정과 호응을 절박하게 바랐다. 물론 바람대로 되지는 않았지만, 돌아보면 그 시기만큼 무조건적인 사랑과 관심을 받았던 적도 없었던 것 같다. 그렇지만 당시만 해도 내 머릿속에는 어떻게든 지금보다 더 유명해져야만 한다는 생각밖에 없었다. 그래야만 나라는 인간과 내가 하는 일의 가치가 훨씬 더 높이 평가될 것이라 철석같이 믿었기 때문이다.

그 시기에는 세상이 보내오는 작은 반응들에 기대어 조금씩 앞으로 나아갈 수 있었다. 어쨌든 음악을 만들며 보람을 느꼈고 느리긴 해도 조금씩 나아가고 있다는 실감에 더욱 분발할 수 있었다. 하지만 언젠가부터 세상은 내가 좇는 속도보다 훨씬 더 빠르게 달아났고, 어느 시점을 넘기자 이제 무슨 수를 써도 따라잡을 수 없겠다는 생각이 들 정도로 멀어져버렸다. 멀리 코너를 돌아 시야에서 완전히 사라져버렸다. 그러자 대체 내가 이 일을 왜 하고 있는지 알 수 없게 되어버렸다. 오랜 기간 열혈 음악가이자 의욕이 넘치는 실천가였던 나는 그렇게 하루아침에 아무런 욕구도 의지도 없는 텅 빈 인간이 되어버렸다.

그렇게 완전히 머물지도 떠나지도 못한 채 음악 주변부를 오랫동안 서성였다. 이참에 깨끗이 포기해버릴까도 싶었지만 결국에는 무엇이든 더 해보자는 쪽으로 마음을 고쳐먹고 다시 처음부터 묵묵히 이런저런 일들을 해나갔다. 의도한 건 아니지만, 나는 그 과정에서 예기치 않게 나 자신과 지금껏 내가 해오던 일을 여러 측면에서 바라볼 수 있었다. 그리고 오래도록 마음 깊숙이 묵혀두기만 했을 뿐 한 번도 밖으로 꺼내보지 않았던 질문을 스스로에게 던져보았다.

　　나는 대체 왜 음악을 해야만 했던 것일까. 정든 고향을 떠나오고, 사람들과 이별하고, 생활을 바꾸고, 여기저기 폐를 끼쳐가며, 왜 그렇게 모든 걸 내던져가며 음악을 해야만 했을까. 정말 나는 돈을 벌고, 명예를 얻고, 인정을 받고 싶었던 것뿐일까. 그게 진짜 목적이었을까.

　　그 질문에 답하기 위해 나는 아주 오래전 기억을 떠올려야 했다. 너무 오래 전의 일이라 몇몇 부분은 기억이라기보다는 들은 이야기와 미미하게 남아 있는 육감에 가까운 것이다.

　　어린 시절부터 나는 혼자 뭔가에 조용히 빠져들기를 좋아했던 것 같다. 가장 오래된 장면은 어린 시절 길바닥에서 심심찮게 볼 수 있었던 병뚜껑들을 모아 이런저런 형태로 쌓으며 놀았던 것이다. 나는 병뚜껑을 몇 가지 형태로 쌓아 건물과 탑을 만들곤 했다. 장면이 아주 선명하진 않지만, 그 일에 집중했던 기분만은 지금도 내 속에 꽤 선명하게 남아 있다.

　　몇 년 뒤에는 시간만 나면 집 근처 폐공터로 달려갔다. 그리고 아무렇게나 널브러져 있는 폐자재를 모아 지붕도 없는 엉터리 집을 만들었다. 컴퓨터가 등장한 뒤로는 게임에 빠져들었다. 댄스 뮤직이 성행했을 때는 춤을 추었고, 고등학생이 되고부터는 이미지에 매혹되어 종일 그림을 그리고 영상을 만들었다. 그러다 마침내 악기를 연주하고 음악을 만들기 시작해 음악가가 된 것이다.

나는 늘 뭔가에 몰입해 있었다. 시기와 여건들이 복잡하게 맞물려 결국에는 음악에 전념하게 된 것뿐이다. 내게 가장 중요했던 건 '무엇을 하느냐'보다는 '몰입' 자체에 있었던 것 같다.

그렇다면 나는 왜 항상 몰입해야만 했을까. 그건 아마도 자신을 포함한 현실의 삶이 마음에 들지 않았기 때문이다. 어딘가에 몰입하지 않으면 나는 언제나 나 자신과 내 삶, 나아가 세상에 대해 필요 이상으로 생각하게 되었다. 그 생각은 예외 없이 삶과 세상을 이질적인 것으로 만들고, 융통성이라고는 찾아볼 수 없는 경직된 장소로 만들었다. 나는 어딘가에 몰입하는 것만이 이 지루한 세상을, 작게는 비루한 내 삶과 못난 자아로부터 잠시나마 자유로워질 수 있는 유일한 방법이라는 걸 직감적으로 알았던 것 같다. 몰입은 누구도 침범할 수 없는 나만의 안전지대를 만들어주었다.

놀라운 점은 그렇게 한동안 뭔가에 몰입하고 나면, 잠시나마 현실이 이전보다 한층 더 흥미로운 장소로 보인다는 것이다. 적어도 내게는 마음만 먹으면 언제든 찾을 수 있는 안전지대가 있다는 인식. 그 작은 여지가 삶과 세상을 바라보는 관점에도 영향을 미쳤다.

한때 즐겨본 미국 애니메이션 〈릭 앤 모티〉 중 한 에피소드에서 천재 과학자 릭은 자신의 정체성에 끊임없이 의문을 품는 딸 베스에게 이렇게 말한다.

"베스, 현명한 사람이 행복한 건 자신이 누군지 궁금해 하지 않아서야."

나는 무언가에 몰입할 때에야 비로소 나 자신을 잊을 수 있다. 그래서 오히려 그 순간만큼은 더욱 나 자신이 될 수 있다. 내가 나 자신이 되는 가장 좋은 방법은 스스로에 대해 인식하기를 멈추는 것이다. 숨을 제대로 쉬기 위해서는 숨 쉰다는 것을 잊어야 하는 것과 마찬가지다. 숨 자체를 의식하기 시작하면 오히려 숨이 차오르거나 자신도 모르게 숨을 멈추게 된다. 다시 말해, 나는 뭔가를 보거나 읽을 때, 음악을 만들거나 연주할 때 가장 나 자신에 가까워지고 나다워질 수 있다. 나 자신에 대해 더 이상 생각하지 않을 수 있다. 타인과 세상뿐 아니라 나 자신으로부터도 적정선의 거리는 필요하다.

작년 언젠가 수업을 시작하기에 앞서 한 학생의 질문에 답하던 중 나는 무심코 이런 말을 내뱉었다.

"저는 창작이 그 자체로 뛰어난 상담의 효과를 갖고 있다고 생각해요. 말하자면 '셀프 상담'인 거죠."

어쩌다 그런 말이 튀어나왔는지 기억나지 않지만, 그즈음 나는 '창작이란 결국 삶을 건강하게 살아내는 방법 중 하나'라는 인식을 갖고 있었던 모양이다. 내가 음악가가 된 건 돈을 벌기 위해서도 명예나 유명세를 얻기 위해서도 아니다. 인정을 받기 위한 것도 아니다. 내게 음악을 만든다는 건 하나의 정신적 생존법이다. 일이자 휴식이고 질문이자 대답이다. 혼잣말이자 대화고, 명상이자 여행이다. 고독이자 사랑이다. 그게 바로 내가 지금까지 음악을 해올 수 있었던 진짜 이유이자 동기다.

나는 그 이유와 동기를 되도록 원래 모습 그대로 지켜낼 필요가 있다고 생각한다. 내가 아닌 누군가가 이 일의 가치를 마음대로 판단하거나 결정해버리도록 내버려둬서는 안 된다. 이 일을 하는 건 누군가가 원했거나 하라고 했기 때문도 아니고, 누군가가 좋아해주고 칭찬해주기 때문도 아니다. 돈을 벌고 명예를 얻게 되기 때문도 아니다. 그것들은 어디까지나 덤일 뿐이다. 그리고 무엇보다 내 쪽에서 마음대로 좌지우지할 수 없는 것들이다. 나는 그 사실을 뼛속 깊이 새길 필요가 있다.

물론 외부 반응을 적절히 이용하는 것도 매우 중요하고 현명한 일이다. 하지만 그 영향력이 차츰 커지고 마침내 거기에 편승해버릴 경우 운전대는 내 손을 떠나 저쪽으로 넘어가버리고 만다. 내가 가장 소중히 여기는 일의 가치를 결정하는 주도권을, 내가 어찌할 수 없는 상대의 손에 그리 쉽게 넘겨버려선 안 된다. 세상 누구보다 나 자신이 이 일의 가치를 제일로 믿는 사람이 되어야한다. 남들이 뭐라 하든 순전히 나 한 사람만의 믿음으로 이 일을 해나갈 수 있을 때, 비로소 창작은 내게 즐겁고 자유로운 일이 될 수 있다. 그제야 창작은 삶을 통째로 갈아 넣는 전투가 아닌 삶의 일부로 평화롭게 공존할 수 있다.

　　생각이 거기까지 다다르면, 사실 은퇴 같은 개념도 무색해져버린다. 삶이 이어지는 한 창작도 계속해서 이어질 것임을, 알고 보면 그 두 가지가 전혀 다르지 않음을 자연히 이해하게 되니까. 어쩌면 이 글은 이름 없는 예술가만이 아닌, 모두를 위한 변명인지도 모른다.

게으른 듯
부지런한 시간

책을 읽고 음악을 듣는 호사

얼마 전부터 앤드루 포터의 단편집《빛과 물질에 관한 이론》을 읽고 있다. 지인의 추천이었고 친절하게 빌려주기까지 했다. 이 단편집은 2008년에 처음 발간되어(한글 번역본은 2011년) 이래저래 많은 주목을 받았던 모양인데, 내게는 어디까지나 생소한 작가의 생소한 작품이다.

매일 잠자리에 들기 전마다 단편을 하나씩 읽었고, 좀처럼 잠이 오지 않는 날에는 그보다 조금 더 읽었다. 간밤에는 마지막 단편인〈코네티컷〉을 반 정도 읽다 잠들었다. 어차피 마지막이니 끝까지 읽어보려 했지만 쏟아지는 잠을 견딜 수 없었다. 평소 잠들던 시간보다 한참 늦은 시간이었고 지방 공연까지 치르고 온 터라 무척 피곤했기 때문이다. 책을 덮고 독서등을 끄자마자 나는 깊은 잠에 빠져들었다.

모처럼 늦잠을 자고 평소보다 느지막이 커피를 사러

나갔다. 마침 책을 빌려준 지인과 또 다른 지인이 카페 근처에 와 있다고해 잠깐 얼굴을 보기로 했다. 카페에 도착해 커피가 내려지는 동안 우리는 잠시 책 이야기를 나누었다. 읽을 부분이 조금밖에 남지 않았으며 어떤 단편이 특히 좋았다는 등, 그리고 그 이외에 이런저런 사는 이야기들. 한 사람은 곧 친구와 약속이 있어 상수역에, 한 사람은 연희동에 있는 친구 가게에 일을 도우러 가야 한다고 했다. 나는 집으로 돌아가 글을 써야 했다. 텀블러에 커피가 다 채워질 때쯤 우리는 인사를 나누고 헤어졌다.

나는 대체로 카페에서 집으로 돌아오는 길에 하루 일과를 정리한다. 입술이 데지 않도록 중간 중간 걸음을 멈추고 조심스럽게 커피를 홀짝거리면서. 오늘 내 일과의 시작은 어젯밤 읽다만 단편을 마저 읽는 것이다. 물론 오늘도 잠들기 전에 독서 시간을 가질 테지만, 남은 분량이 적으니 마저 읽어버리는 편이 좋을 듯하다. 오늘 정규 독서 시간에는 따끈따끈한 새 책을 시작하고 싶으니까.

졸던 중에 꽂아둔 책갈피는 그리 신뢰할 만한 게 못 된다. 정확히 어느 문장까지 읽었는지, 아니 어느 문장까지 기억에 남아 있는지가 불분명하기 때문이다. 그럴 때는 역시 시원하게 한두 페이지 정도 앞에서부터 다시 읽기 시작하는 편이 낫다.

평소 책을 읽던 시간대가 아니어서 그런지 적막하고

어색한 기분이 들어 음악을 틀었다. 류이치 사카모토가 작곡한 영화 〈토니 타키타니〉의 사운드트랙이다. 그러고 보니 〈토니 타키타니〉의 원작은 무라카미 하루키의 단편소설이다(류이치 사카모토와 무라카미 하루키라니 뭔가 어울리지 않는 듯 어울리는 조합이다). 나는 음량을 적당히 조절한 후 다시 손에 들린 활자에 집중했다. 음악을 트니, 공기 중에 근사하고 정제된 분위기가 흘러 나를 설레게 했다.

첫 트랙 「DNA/Intro」가 끝날 때쯤 나는 책의 마지막 문장을 읽고 있었다. 곡의 러닝타임은 11분 38초. 음악치고는 길고 책을 읽기에는 짧은 시간이다. 나는 책을 덮었다. 그러자 그때까지 배경음으로만 존재하던 음악이 선명하게 들리기 시작했다. 두 번째 트랙 「Solitude」의 전주가 흘러나오자 나는 음량을 높이고 음악에 집중했다. 무척 아름답고 애처로운 소리다. 음이 많지는 않지만, 매 음의 세기와 뉘앙스가 조금씩 다르다. 박자도 강박적으로 맞추려들지 않는다. 실로 차분하고 정갈한 연주다.

그건 2004년에서 2005년 사이 류이치 사카모토가 어느 스튜디오에서 피아노를 연주하는 소리다. 문득 그가 나를 위해서 연주하고 있다는 생각이 들었다. 그럴 만도 한 게 방에는 나밖에 없지 않는가. 묘한 기분이었다.

앤드루 포터의 단편들 역시 아름다웠다. 그 짧은 이야기들이 남긴 이미지들은 분명 어떤 형태로든 내 마음 속에 자리 잡을 것이다.

커피에는 아직 따뜻한 기운이 남아 있다. 새삼 이 모든 것들이 매우 호사스럽게 느껴지는 오후다. 게으른 듯하면서도 부지런한 시간이다. 자, 이제부터는 뭘 해볼까. 물론 가장 나다울 수 있는 공간에서 가장 나다울 수 있는 것들로 가장 나다운 일을 할 것이다. 늘 그래왔듯이, 게으르면서도 부지런하게.

서문에서 밝혔듯, 나는 자주 내가 음악가라는 사실에 놀라곤
한다. 그런데 이렇게 책 한 권을 쓰고 보니 이제야 조금은 '그
래도 음악가이긴 한가 보다' 하는 생각이 든다. 사실 음악과
창작을 해나간다는 것에 대해 이렇게나 할 말이 많을지 몰랐
다. 쓰고 싶었으나 시간과 분량상(또는 잘 써지지 않아) 포기한
주제도 꽤 된다. 쓰면 쓸 수록 할 말이 줄어들기보다 더 생겨
났다. "그래, 그러고 보니 그것도 있는데, 참 저것도 있고" 하
면서 말이다. 그래도 그나마 잘 전달할 수 있겠다고 생각한
것들은 충분히 썼다는 기분이 든다. 물론 여전히 미진한 부
분이 많지만, 나부터가 미진한 인간이고 그것이 그대로 반영
된 결과일 테니 나름대로 의미가 있지 않나 싶다.

　　사실 예전부터 책 읽는 건 좋아했으나 글쓰기는 나와
맞지 않는 일이라고 오랫동안 기피하며 살아왔다. 그래서 처

음 출간 제의가 왔을 때 내가 과연 사람들이 읽을 만한 수준의 글을 쓸 수 있을지 걱정이 많았다. 한두 편도 아니고 한 권의 책을 말이다. 하지만 여기서도 예의 일단 달려들고 보자는 식의 몹쓸 버릇이 발동하고 말았다. 그리고 그때부터 3년이 넘는 기간 동안 이 책에 쓴 모든 심적 프로세스를 고스란히 되풀이했다. 글을 써놓고 혼자 만족해하다 얼마 후에 자괴감에 빠져들고, 좋은 글을 미친 듯 찾아 읽고, 틈만 나면 그것들을 필사하고, 기술이 좀 느니 거기 또 얽매여 어디선가 본 듯한 겉멋 든 문장을 마구 쏟아내고. 내 본래 목소리를 찾았다가도 그걸 끝내 알아차리지 못해 놓쳐버리는 등 이 책의 주제를 글쓰기로 바꾸어도 무방할 정도로 똑같은 과정을 수없이 반복했다. 그런 의미에서 책 집필은 여기에 쓴 내용들을 하나하나 글쓰기의 형태로 검증해보는 과정과 같았다.

그럼에도 책을 집필하는 과정에서 내 마음을 가장 짓누른 것은 따로 있었다. 그건 바로 떳떳치 못함이었다. 이 책을 쓰는 내내 나는 본문에서도 언급한 음악적 권태기를 맞고 있었다. 그런 내가 이 주제로 글을 쓸 자격이 있을까, 당장 나부터가 이 모양인데, 하는 생각이 끊이지 않았다. 그 역시 그동안 스스로 납득할 만한 글을 써내지 못한 이유 중 하나였을 것이다. 왜냐하면 결국 여기 모인 대부분의 글들은 그 권태기에서 마침내 빠져나오고, 다시 음악 작업을 시작하게 되면서 조금씩 써지기 시작했기 때문이다.

맺음말

앞에서 잠깐 언급했지만, 그 즈음부터 나는 '아, 이 일에 은퇴 같은 건 없구나' 하는 생각을 갖게 되었다. 그러자 마음이 더없이 편안해지고 자신감이 생겼다. 그리고 그로부터 얼마 뒤에 〈인턴〉이라는 영화에서 놀랍게도 그와 정확히 같은 취지의 말을 발견했다. 아내와 사별하고 홀로 고요한 노년을 보내던 주인공은 막 창업해 성장 중인 젊은 회사에 인턴으로 지원하며 이렇게 말한다.

"음악가에게는 은퇴가 없다는 글을 언젠가 읽은 적이 있어요. 그들 속에 음악이 흐르는 한은 말이죠. 확실하게 말할 수 있는 건, 제 속에도 여전히 음악이 흐르고 있다는 거예요."

그제야 지난 몇 년 간 '분명 뭔가가 있는데. 아직 뭔가 더 할 수 있을 것 같은데'라는 말이 왜 끊임없이 머릿속에 맴돌았는지, 왜 끝끝내 이 일을 포기하지 못했는지가 명확해졌다. 그건 미약하게나마 내 속에 아직 음악이 흐르고 있기 때문이었다. 음악으로 미처 전하지 못한 뭔가가 아직 내 속에 남아 있고 내가 여전히 음악가이기 때문이었다.

비록 불완전한 형태이기는 하나 그 과정에서 글쓰기란 것을 손에 넣게 된 것 역시 나로서는 기대치 못했던 큰 수확이다. 더구나 지금까지 경험에 의하면 글쓰기와 음악 작업은 꽤 궁합이 좋은 듯하다. 책을 집필하는 동안 주로 오전에는 원고를 쓰고 낮에는 음악 작업을 했다. 과거 디자인 작업은 어째 음악 작업과 잘 맞지 않아 그만두어버렸는데, 글쓰기는 그럴 염려가 없어 마음이 놓인다. 그리고 어쨌든 힘겹게 손에 넣은 것이니만큼 꾸준히 이어가볼 작정이다. 물론 확실한 건 좀 더 시간이 지나봐야 알 수 있겠지만, 지금으로써는 글쓰기 역시 음악만큼이나 내게 중요한 일이 될 듯싶다.

나는 지극히 개인적이고 대체로 혼자 있길 좋아하는 사람이다. 하지만 늘 많은 이들에게 많은 걸 빚지며 살고 있다는 걸 책을 쓰며 절절히 깨달았다. 그런 의미에서 이 자리를 빌려 늘 제멋대로인데다 예민하고 까다로운 이 못난 이에게 귀한 시간과 마음을 나눠준 가족과 친구와 연인과 동료와 학생들에게 깊은 감사와 사랑을 전한다.

2021년 10월
류희수

맺음말

음악과 창작의 태도에 대하여
오래 해나가는 마음

지은이 류희수

1판 1쇄 펴냄 2021년 11월 5일

펴낸곳 곰출판
출판신고 2014년 10월 13일 제2020-000068호
전자우편 walk@gombooks.com
전화 070-8285-5829
팩스 070-7550-5829

ISBN 979-11-89327-14-9 03810